U0091521

六朝志怪
Ghost novel
in the Six Dynasties
許汝紘——編著
Amo——繪

女巫澆酒雲滿空，玉爐炭火香鼕鼕。

海神山鬼來座中，紙錢窸窣鳴旋風。

相思木帖金舞鸞，攢蛾一啑重一彈。

呼星召鬼歆杯盤，山魅食時人森寒。

終南日色低平灣，神兮長在有無間。

神嗔神喜師更顏，送神萬騎還青山。

——唐・李賀《神弦》

目錄

出版序

現實生活中，人類主宰萬物；但在想像世界中，人卻常被虛構之物支配。在志怪小說裡，人雖然還是主角，但卻常常被神鬼精怪搶盡風頭。

六朝時期，指的是三國、晉、宋、齊、梁、陳，即從三世紀初到六世紀末，這三百多年來分合動盪的時期。平民百姓無法解決生活中的困境，面對所衍生的社會問題也無能為力，久而久之，「厭世思想」逐漸蔓延擴散，人們開始把心靈寄託於宗教信仰之中，冀求以鬼神之力祈福解禍，於是他們把這些生活上的體驗投射入小說當中，透過各種光怪陸離的情節，表達他們對統治階層的抗議、對現實生活的不滿。

本書接續「山海經」的「經典重繪」系列，以大幅繪圖重現六朝奇幻故事情節，白、黑、紅為主色調的冷豔瑰奇畫風，堆疊襯托六朝志怪幻想精神，圖文相輔勾勒出質樸文字後的浪漫異想。

其中收錄的小說，分別來自《列異傳》、《搜神記》、《搜神後記》、《荀氏靈鬼志》、《拾遺記》、《幽明錄》、《齊諧記》、《續齊諧記》、《述異記》、《錄異傳》、《冥祥記》、《冤魂志》、《雜鬼神志怪》等十三部著名志怪作品，依照每篇特性，規劃出神、鬼、人等三界異事，透過繪畫、文字與延伸相關知識，讓您攫取更豐富多元的精神饗宴。

高談文化總編輯
許汝紘

導讀

◆ 古董級的奇幻文學

中國小說的起源，可以追溯到上古時期的神話與傳說。神話傳說一開始只是在人民的口頭上流傳，等到人類開始使用文字記載的時候，這些神話傳說已經經過許多人的篩選、美化和加工。有的被記入正史，擁有固定形式並逐漸僵化；有的則是繼續經由人們的口頭流傳，不斷地衍生變化、豐富發展，並且分化出新的神祇和英雄、增添新的故事情節。這些繼續活在人們口頭上的傳說一旦被記錄下來，就成為具有濃厚小說意味的逸史。

我國神話大體可分西王母、東方神樹、盤古、女媧，以及他們所代表的西方崑崙神話、東方蓬萊神話、南方楚神話及中原神話四大系統。在從神話到小說的發展過程中，逸史是很關鍵的一環，甚至可以說是中國小說直接的源頭。逸史中最接近小說，有些學者甚至認為可以將其視為早期小說的是《穆天子傳》和《燕丹子》。關於穆王周行天下之事在正史中的記載十分的簡略，《穆天子傳》則是增加了許多細節，特別是會見西王母以及王美人盛姬之死，頗具故事性。其中的西王母與《山海經》中的西王母相比，前者是增加了人性，減少了「神性」。

燕丹派荊軻刺秦王之事，在《戰國策》和《史記》中均有記載。《燕丹子》並不是簡單地覆述史書上的內容，而是增加細節描寫，突出燕丹身為復仇者的形象。明代胡應麟在《四部正訛》裡稱此書為「古今小說雜傳之祖」。雖然古代文獻對神話傳說的記載十分簡略，但我們依然可以從中看到兩個重要的小說元素——「故事情節」和「人物性格」。後來的志怪小說、傳奇小說，以及《西遊記》、《封神演義》等長篇小說，都與神話傳說有明顯的繼承關係。後世小說吸收神話傳說中的素材加以演化，這種情況也相當普遍。

從上古到秦漢，以至魏晉南北朝，中國小說作為一種獨立的文學體裁，僅僅是具有初步的規模，還未成熟，但其內容和形式卻對後代作品產生了深遠的影響。中國文學史上所謂的「六朝」，指的是魏晉以降迄於隋末。這段時期無論是詩歌、辭賦、小說、文學批評等，都有不錯的發展。魏晉南北朝時期，戰爭連年不斷，社會動盪不安，宗教迷信思想盛行，大量的志怪小說就在這樣的社會基礎上產生了。

魯迅在《中國小說史略》裡說：「中國本信巫，秦漢以來，神仙之說盛行，漢末又大暢巫風，而鬼道愈熾；會小乘佛教亦入中土，漸見流傳。凡此皆張皇鬼神，稱道靈異，故自晉迄隋，特多鬼神志怪之書。其書有出於文人者，有出於教徒者。文人之作，雖非如釋道二家，意在自神其教，然亦非有意為小說，蓋當時以為幽明雖殊途，而人鬼乃皆實有，故其敘述異事，與記載人間常事，自視固無誠妄之別矣。」這段話指出魏晉南北朝志怪小說是受了民間巫風、道教及佛教的刺激所產生出來的作品，並隨著宗教的發展而流傳興盛，作者們的態度則是將怪異傳說視為事實來記載。

魯迅的總結雖然是正確的，但是我們也要注意到，志怪小說的來源和實際面貌比較複雜，作者們的用意是著重於宣揚神道，還是傾心於怪異事跡？以及小說中表現人生情趣的多寡，這些在寫作手法上還是有著很大的區別。魏晉南北朝時期出現了大批小說作品，現今存留的漢人小說，其實都是魏晉南北朝時期的作品。按內容可分為兩類：志怪小說和志人小說。

志怪小說大多記述神仙方術、鬼魅妖怪、殊方異物、佛法靈異，與巫覡方士、道教、佛教有密切的關係。巫術是一種原始的宗教迷信活動，古人迷信天帝，只要是大事都要向天帝請示，所以常有祈禱、占卜、占夢之類的活動。但並不是任何人都能主持這種活動的，當時的人們認為只有巫覡才具有與天帝對話的資格，因此社會上流傳的各種巫術靈驗的故事便成為志怪小說的素材。方士是戰國後期從巫覡中分化出來的人物，他們鼓吹神仙之說，求不死之藥。秦漢以來方士輩出、方術盛行，與神仙有關的故事也跟著流傳興盛，這些也都成為志怪小說的題材。志怪小說的作者中有不少人就是方士、道士或佛教徒，但也有些志怪小說是出於文人之手，如張華的《博物誌》、干寶的《搜神記》等等。

魏晉南北朝的志怪小說數量很多，現今保存下來的完整或不完整（包括後人輯佚的）的共有四十餘種。其中比較重要的有托名漢朝東方朔的《神異經》、《十洲記》，托名郭憲的《漢武洞冥記》，托名班固的《漢武帝故事》、《漢武帝內傳》，托名魏朝曹丕（或張華）的《列異傳》，晉朝張華的《博物誌》，王嘉的《拾遺記》，荀氏的《靈鬼志》，干寶的《搜神記》，托名陶潛的《搜神後記》，南朝宋王琰的《冥祥記》，劉義慶的《幽明錄》，南朝梁吳均的《續齊諧記》，北齊顏之推的《冤魂志》等。按內容可分為三類：

一、地理博物，如托名東方朔的《神異經》、晉張華的《博物誌》。

二、鬼神怪異，如曹丕的《列異傳》、干寶的《搜神記》、托名陶潛的《搜神後記》、王嘉的《拾遺記》、吳均的《續齊諧記》。

三、佛法靈異，宋王琰的《冥祥記》、顏之推的《冤魂志》。

年代確定的志怪書，以題名曹丕所作的《列異傳》為最早。此書現在已經亡佚，但在幾部類書中有引錄，著名的《宋定伯賣鬼》故事就是出自於此。這故事相當具有幽默感，人造出鬼來嚇人，然後又想出方法來騙鬼，頗能反映中國民間百姓的心理。因不能抑制好奇心而受到懲罰，更是各國民間傳說中最常見的主題。

志怪小說中，《搜神記》是保存最多且最具代表性的一部。《搜神記》的作者干寶，字令升，新蔡（今屬河南）人，是晉朝時期著名的文史學家。他勤學博覽，並好陰陽術數、神仙鬼怪，元帝時以佐著作郎領修國史，著有《晉紀》，有良史之稱。在《搜神記》序中，他自稱寫作此書是為「發明神道之不誣」，同時也有保存遺聞和供人賞玩娛樂的意思。此書原已散佚，後來由明人重新輯錄而成，現為二十卷，四百多則，其中偶有誤輯。

《搜神記》的內容，一是「承於前載」，但並不是全部都照舊抄錄，有些在文字上作了加工；二是「採訪近世之事」，這部分出於作者手筆。其中大部分只是簡略地記錄各種神仙、方術、靈異等事跡。也有不少故事情節比較完整，在虛幻的形態中反映出人們的現實關係和思想感情，這其中最有價值的是一些對後代文學有很大影響的傳說故事，例如：〈東海孝婦〉敘述一位孝婦因為冤獄被斬，精誠感天，死時頸血依其誓言沿著旗竿而上，死後郡中三年不雨；關漢卿的名作《竇娥冤》即是以此為藍本。〈董永〉敘述主角董永家貧，父親死後，他為了籌錢辦喪事而自賣為奴，天帝派織女下凡為其妻，替他織絹百匹償清債務後離去；《天仙配》的故事即由此演變而來。這二則本意都是表彰孝行，但卻又不僅僅只是侷限在這個主題。前者連帶控訴官吏的昏庸殘暴，後者則是表現出窮人對美好生活的幻想。

《搜神記》中也有不少富有社會意義的篇章，它們或曲折地反映了社會現實，或表達了人民的愛憎與願望，像是具有強烈鬥爭精神的

〈李寄〉和〈三王墓〉。〈李寄〉歌頌英勇鬥爭以求生存的精神；〈三王墓〉表現出人民對於殘暴統治者的強烈復仇精神，更是中國文學中少見的。文中描寫干將莫邪之子以雙手捧著頭和劍交給俠客，以及描寫他的頭在鑊中躍出時，依然是「瞋目怒瞪」的情節，不僅是想像奇特的述說方式，更激射出震撼人心的力量，不僅揭露了統治者的殘暴無恥，也讚揚了反抗強暴的精神。這部作品後來被改編為《眉間尺》。

《搜神記》之後，當以劉義慶的《幽明錄》為優秀志怪書的代表。劉義慶（西元四〇三－四四四年），彭城（今江蘇徐州）人，為南朝宋宗室，襲封臨川王。他愛好文學，著述甚多，除《幽明錄》外，傳世還有志人小說《世說新語》。不過，這些著作都有他門下的文士參與編寫。《幽明錄》也因年代久遠而散佚，它和《搜神記》的不同之處，在於很少採錄古書記載，多為晉宋時代新出的故事，並且大多描述普通人的奇聞異事，雖然是志怪小說，卻有著濃厚的時代色彩和生活氣氛，文字也比《搜神記》更顯舒展，更富於辭采之美。

《幽明錄》所收錄的〈劉晨阮肇〉是一則非常有名的故事，寫的是東漢時劉晨、阮肇二人入天台山迷途遇仙，居留十日，回家後已是

東晉中期，遇到的是他們的七世孫。雖然是描寫人仙結合的情節，但是除了末段劉、阮還鄉一節外，故事內容並沒有過度渲染神異色彩，反而充滿了人情味。〈鉛粉〉更是絕佳之作，雖然是個人死而復生的故事，但神異色彩極為淡薄，人物、情節都很貼近生活，具有真實性。

《幽明錄》中也充滿各種離奇的故事。如〈龐阿〉一則，寫石氏女愛慕美男子龐阿，卻不能伴隨在他身邊，於是她的精魂常於夜間來龐家，最終二人結為夫婦。這是記載上最早出現的離魂故事，情節雖然離奇，抒情性卻很強。還有很多鬼魅故事，也都比較注意感情氣氛的渲染。《幽明錄》比以前的志怪小說更注意人生情趣，也更有文學性，像〈鉛粉〉這樣的作品，已經具備脫離志怪、著重於人間生活的傾向。

除以上所述，較為優秀的志怪書還有十六國時代王嘉的《拾遺記》，收錄的多是歷代遺聞；舊題陶潛所作的《搜神後記》，內容與《搜神記》相似。其中〈白水素女〉一篇，就是民間廣為流傳的「田螺姑娘」傳說。

「傳奇者流，源出於志怪」，唐代傳奇，首先就是以志怪小說為基礎，再加以繁衍擴展，形成著意虛構而又怪誕離奇的長篇故事，而後再轉向人間生活。魏晉南北朝志怪小說，以篇幅短小的故事居多，從小說藝術的角度看來雖然仍顯得幼稚粗糙，但有的作品已經相當注意人物性格的刻畫。六朝志怪中的故事，不斷被後代小說、戲劇所吸收，再加以創變、推陳出新，由此衍生出的作品不勝枚舉，因此在整個文學史上，志怪小說始終沒有消失，其中蒲松齡有意識地利用志怪形式，在奇幻的故事中表現社會生活和人生情感的《聊齋誌異》，就是最有價值的作品代表。

◆ 中國異物辭典

中國文字裡頭，對於人、神、鬼、怪等不同的形象，各賦予許多獨特的稱呼，就讓我們來認識一下這些奇怪又有趣的詞彙吧！

鬼：指人死後的靈魂。

怪：神話傳說中的妖魔之類，或指奇異、不尋常的事物。

神：天地萬物的創造者與主宰者稱為「神」，聖賢或所崇拜的人其死後的精靈亦稱為「神」。

仙：經修煉後長生不老、超脫塵俗的人。如：「神仙」。

妖：傳說中不尋常且能害人的東西，多具有法術，能作各種變化。

精：神怪之物稱為「精」，如：「精怪」、「妖精」、「狐狸精」。

魔：佛教指修道的障害、破壞者。一般指能害人性命、迷惑人心的鬼怪。

魂魄：即附於人體的精神靈氣。如《漢書 · 卷九十九 · 王莽傳上》：「是故董賢喪其魂魄，遂自絞殺。」《紅樓夢》第十六回：「那秦鐘早已魂魄離身，只剩得一口悠悠的餘氣在胸。」

魑魅：也作「螭魅」，是傳說中山林間害人的精怪。長著人面、獸身，外加四足，擅於魅惑人，為山林異氣所生。如唐朝杜甫《天末懷李白詩》：「文章憎命達，魑魅喜人過。」元朝關漢卿《單刀會 · 第四折》：「藏之則鬼神遁跡，出之則魑魅潛蹤。」

魍魎：也作「罔兩」、「罔閬」，指山川中的木石精靈。如東漢張衡《西京賦》：「螭魅魍魎，莫能逢旃。」《西遊記》第十八回：「也不曉得有甚麼鬼祟魍魎，邪魔作耗。」。

靈：指鬼神。如唐朝孔穎達《正義》：「其見尊敬如神靈也。」明朝徐弘祖《徐霞客遊記 · 卷四下 · 黔遊日記二》：「此山靈招我，不可失也。」也可指魂魄，如：靈魂。清朝林覺民《與妻訣別書》：「則吾之死，吾靈尚依依汝旁也，汝不必以無侶悲。」

◆ 古代恐怖書架

志怪小說開始於魏晉，深受方士思想和道教、佛教的影響，寫作志怪小說的風氣一直到南北朝時期仍盛行不衰，一本本異聞作品成就了古代的恐怖書架。

《列異傳》：三卷，舊題魏文帝、曹丕所撰，最早見於《隋志》。書中所記載的多為鬼、物、奇、怪之事，如〈宗定伯〉、〈孫阿〉。其中有許多篇章用生動活潑的筆觸來描寫人與鬼之間所發生的各種趣味、荒誕、悲、喜或令人驚恐的事件，取材很有代表性，幾乎包括了以後志怪小說所出現過的題材，連後期的《搜神記》也擷採了相同的故事加以寫錄。就意義與價值來看，此書不但開干寶《搜神記》之先河，也是後起之作取材的寶庫。

《搜神記》：晉朝干寶所著，今本有二十卷，總計四百六十四則，為後人所輯。干寶自序他撰《搜神記》的目的是「發明神道之不誣」，以證明鬼神之實有。由於作者撰述態度較嚴謹，故事來源廣泛，所以有不少優秀的民間故事和神話傳說得以保存下來，而且反映了一般百姓的感情與願望，具有較廣泛的社會意義。

《搜神後記》：托名為晉朝陶淵明所撰，今存一百一十六條。大多採自當時的傳聞異事，因此民間色彩較濃，故事生動有趣。如：謝端得到白水素女幫助的故事，流傳廣泛，在民間具有很大的影響力。其中也有部分故事是在宣揚佛法和感應，顯示佛教思想對志怪小說的影響。

《荀氏靈鬼志》：《隋書 ‧ 經籍志》著錄三卷，已散佚，魯迅《古小說鉤沉》有輯本。作者荀氏是東晉人，生平不詳。

《拾遺記》：前秦人王嘉所撰，原書十九卷，二百二十篇，由於苻秦之際戰亂紛擾，典章散失，南朝梁的蕭綺掇拾成文，合為一部，改編為十卷。前九卷，記載上古傳說中的庖犧、神農至東晉的神話傳說、歷史軼聞，完全按照歷史朝代分篇，記錄正史以外的遺聞。末卷記崑崙、蓬萊等九座仙山靈境的神話傳說。除此之外，還有零星的軼文。書中還記載了許多其他書籍不記載，或與之相異的神話傳說。《拾遺記》雖然不是當時最好的作品，但有一些故事在情節、人物描寫等方面都較為完整，具有初步短篇小說的規模，因此王嘉可說是中國短篇小說的奠基人之一，魯迅稱其「文筆頗靡麗，而事實皆誕漫無實」。《拾遺記》對研究我國神話傳說、小說的萌芽和初期發展的歷史提供了重要的資料依據。

《幽明錄》：南朝宋劉義慶所撰，因時間久遠大多已散佚，魯迅《古小說鉤沉》輯錄二百六十多則，內容包羅萬象，博採廣收，收錄的大多為晉宋時代新出的故事，主要記載鬼神怪異之事，故事性較強，敘述描寫委婉有致，顯示了小說藝術的進步。

《齊諧記》：南朝宋散騎侍郎東陽無疑撰，東陽無疑生平不詳，他所撰寫的《齊諧記》，《隋書・經籍志》著錄七卷，已散佚，魯迅《古小說鉤沉》有輯本。

《續齊諧記》：南朝梁吳均撰，僅十七條，多從舊書古籍中取材。由於作者為著名作家，敘述故事、刻劃人物均有較高的藝術技巧。較早有關重陽節的傳說，即是出於此書。

《述異記》：南朝梁任昉掇拾古代筆記、小說而成，將各地的奇風異俗，不可思議的怪現象，輯錄成短篇故事，兼具博物誌的功用。

《冥祥記》：南朝齊王琰所撰，共十卷，原書已佚，魯迅《古小說鉤沉》輯錄一百三十一條。書中多記因果報應的故事，主旨在勸人崇奉佛教，是現存較多的一部佛教宣傳小說。

《冤魂志》：北朝齊顏之推所撰，共三卷。顏之推對南北朝思想狀況和儒佛鬥爭、融合的歷史非常熟悉，加上隋朝一統天下後，對儒、佛、道作一番清理，使他能建立儒佛一體論的思想。《冤魂志》援儒入佛，常從傳統儒家觀念看待善惡問題，反映了中國人的傳統道德觀念，有某些積極元素。書中所記，皆鬼神報應、天堂地獄之說，而且又引經史以證報應，已開儒、釋混合之端，是一部屬於佛教宣傳因果的書籍。

勸善懲惡是魏晉以後志怪小說中的重要主題。可能是受儒家仁義道德的教導和佛家「善有善報，惡有惡報」思想的影響，文人所創作的故事皆有「人人都應該做好事，不應該為非作歹」的寓意，其中也有部分用意在宣揚宿命論、輪迴說或各種倫理道德，反映出那個時代的思想。例如：董永是個勤勞又孝順的好人，所以天帝派仙女來幫助他，而那些為非作歹的人、神、鬼、怪，到最後都自作自受，沒有好的下場。

中國的小說裡，不論是遠古流傳下來的，還是後人創作的，故事中的神、鬼、狐、怪都被賦予人的氣質和感情，它們化身成人形，渴望和人在一起過生活，富有深厚的人情味，因此我們常常可以從中看見許多神怪和人類之間切不斷的連繫。

天神仙靈

兩星君下棋改生死簿

星君

管輅是個可以預見生死壽命的人，某一日他來到平原郡，看見青年人顏超面色有著早夭的徵兆。顏超的父親就懇求管輅，詢問能延長兒子壽命的方法。管輅對著顏超說：「你回去準備一壺清酒，一斤乾鹿肉。卯日這一天，在麥田南邊的大桑樹下，會有兩個人在下棋。你只管給他們斟酒上菜，喝完再斟，直到斟完一壺酒為止。如果他們問你話，你只管對他們作揖叩頭，都別說話。這樣就有救了。」

顏超按照管輅說的話，果然在卯日這天的麥田南邊，看見有兩個人在大桑樹下下棋。顏超在他們面前擺上菜、斟上酒。那兩個人貪玩，只顧喝酒吃肉，也沒有回頭看看。

喝了幾杯之後，坐在北邊的人忽然看見顏超在那裡，便大聲怒斥說：「你怎麼在這裡？」顏超只管向他作揖叩頭，不敢說話。坐在南邊的人解勸說：「你剛才吃了他的酒肉，難道沒有一點人情嗎？」坐北邊的人說：「他的壽命生死簿上已寫定了。」坐南邊的人說：「把生死簿借給我看看。」看見顏超的壽命只有十九歲，他就拿起筆來把九字勾到十字的前面，並對顏超說：「救你活到九十歲。」顏超很是開心，再三拜謝之後就回來了。

管輅後來對顏超說：「恭喜你增添了年壽。北邊坐的人是北斗星君，南邊坐的人是南斗星君。南斗記錄生，北斗記錄死。凡是人受了孕，都從南斗過錄到北斗。所以，凡是要延長壽命，都得向北斗星君祈求。」

宿命難違，但管輅窺得「仙機」，讓原本預定十九歲夭折的少年反轉命運，一席酒肉換得九十大壽。

重義之人？狠辣之人？

廬山神君

張璞，字公直，籍貫不詳。他任吳郡太守時，受朝廷徵召後回來，路過廬山。全家子女們到供奉神靈的殿堂裡遊覽，婢女指著其中一個神像和小姐開玩笑說：「把這個配給你。」這天夜裡，張璞的妻子夢見廬山神君送來聘禮說：「我兒子沒有什麼賢能，感謝您的垂憐，選擇他為女婿，因此特來表示我的一點心意。」

妻子從睡夢中醒來，覺得這個夢很古怪，一查才知道婢女開玩笑的事情，妻子很害怕，就催促張璞迅速出發。到了江的中間，船怎麼也動不了。有人大聲說道：「把小姐投入水裡，船就會前進了。」其他人跟著附和：「神明的意思已經清楚了，因為捨不得一個女兒而毀滅了全家，怎麼能行呢？」張璞說：「我不忍心看見把女兒投入水裡。」於是登上船頂上的房間選擇不見，要妻子把女兒投入水裡。

然而妻子竟將張璞已故哥哥的孤女代替自己的女兒，她讓人在水中放置一張蓆子，孤女一坐到蓆子上，船就能夠走了。張璞出來看見自己的女兒還在船上，就憤怒對妻子說：「我還有什麼臉面見人？」於是又把女兒投入水裡。等到渡過江時，遠遠看見兩個女孩在江邊，身邊還有一位官吏，說：「我是廬山神君的主簿。廬山神君知道鬼神不是世人的配偶，又敬重您的大義，因此把兩個女孩都歸還給您。」後來，人們問女孩們在水中的情形，她們說：「只看到漂亮的房屋，還有很多官吏和衙役，根本不覺得是在水中。」

虎毒不食子，但張璞滅親卻十分堅持，犧牲姪女還不夠，非得要女兒投水才罷休，竟然還受神君敬重，得到「大義」美名，若非真有鬼神搭救，兩個女孩便真的被至親滅口了。

古河神巨手劈山

巨靈

太華和少華這兩座山本來是一座山，由於它阻擋著黃河，河水經過此地時要拐許多彎才能通行，於是河神巨靈用手扳開了這座山的上部，用腳蹬開了這座山的下部，使山體從中一分為二，讓河水順暢地流過。現今在華山上觀看河神巨靈的手跡，其手指手掌的形狀還歷歷在目，腳印還保存在首陽山下。東漢張衡《西京賦》所說的「河神巨靈用力氣，高舉手掌，遠蹈腳跡，劈開了大山，使河流暢通無阻」，指的就是這件事。

在古代人們眼中，那些壯觀景色無一不是神靈所造，「鬼斧神工」其來有自。

女神成為枕邊人

天上玉女

魏朝濟北郡的佐吏弦超，字義起。嘉平年間，某天他夜晚睡覺時，夢見一個神女前來要求跟他一起過日子。神女自稱是天上玉女，東郡人，複姓成公，字知瓊，很早以前就死了父母，天帝可憐她孤單困苦，讓她下凡來嫁人。弦超在做這個夢的時候，精神很亢奮，讚美她非常漂亮，不是一般人的容貌。睡醒之後他依然沉浸在夢境的回想中，好像真有這樣一個天上玉女，又好像沒有。就這樣反覆思慕了三、四個晚上。

有一天，天上玉女親自來找弦超，她乘坐華麗的車子，後面跟著八個婢女，身上穿著綾羅綺繡的衣服，姿色秀麗，體態輕盈，如同飛仙。玉女說自己已有七十歲了，但看上去卻像個只有十五、六歲的姑娘。車上配有青白琉璃製成的五套酒器，還有山珍海味、美酒佳餚，玉女與弦超一起享用。她對弦超說：「我是天上玉女。天帝送我下凡來出嫁，所以才來追隨你。這不代表你有什麼高尚的德行，而是前世的因緣注定了我們應該成為夫妻。我雖然不會給你帶來什麼好處，也不會造成損害。你出門時可以常常駕輕車、騎肥馬；用餐時常能吃到山珍海味；綾羅綢緞也經常可以用之不竭。不過，我是神，不能給你生兒育女，也沒有嫉妒的本性，所以不會妨害你的婚姻大事。」於是，他們成為了夫妻。天上玉女送給弦超一首詩，詩中寫道：

飄颻浮游在渤海蓬萊仙境，管弦嗷嘈發出悅耳的聲音。

靈芝仙草不必要澆灌滋潤，完美的德行隨著時光來臨。

神仙難道只是虛幻的感應，承順上天命運來助你高昇。

接納我能使你家族得榮耀，背離我會招來災害滅滿門。

這只是她贈詩的大概內容。全詩有二百多字，無法完全抄錄下來。同時，她還注釋《周易》七卷，有卦辭和彖辭，她的注釋是以彖辭為依據，故其注釋的內容，既有道理，又能用來占卜吉凶，像揚雄的《太玄》、薛氏的《中經》一樣。因此，弦超能夠精通注釋的意義，而用它來占卜吉凶。

玉女和弦超過了七、八年的夫妻生活，弦超的父母為弦超娶妻之後，玉女便和弦超的妻子輪流與弦超進餐和寢息。玉女夜來晨去，行走如飛，只有弦超能看見她，其他的人都看不見。她雖然住在昏暗的房間裡，但是人們還是能夠經常聽見她說話的聲音，看見她活動的痕跡，就是沒人見過她本人。後來，有人感到奇怪就問弦超，弦超就如實相報了，玉女於是要求離開，說：「我乃是神。雖然與你交往，但是我不願意讓其他的人知道。然而你的性情粗疏，現在我的真實情況既然被宣傳出去了，就不能再與你交往。我們多年相處，恩情深厚，現在忽然要分別了，怎麼能叫人不悲傷？但是，事情到了這個地步，不得不如此，我們各自努力吧！」玉女又命僕人擺設酒菜招待弦超，並打開箱子，拿出兩套絲綢裙衫送給弦超，又贈送了一首詩。之後她拉著弦超的手，揮淚告別，肅然上車，像飛一樣地走了。弦超為此憂愁多日，幾乎病倒不起。

玉女離開後的第五個年頭，弦超奉郡太守的命令到洛陽去，來到濟北郡魚山下，在往西走的路上，遠遠看見彎路的盡頭有一輛馬車，裡面好像是離開多年的玉女。他快馬加鞭地前去查看，果然真是她。於是，他打開車帷與玉女相見，悲傷和喜悅瞬間湧上心頭。他勒住左邊的驂馬，拽著登車的繩子上了車，與玉女一起乘車來到洛陽，築室安家，再度結為夫妻，恢復了往日的恩情。到了晉武帝太康年間，他們還在洛陽，但是，玉女已不是每天都來，而是每到三月三日、五月五日、七月七日、九月九日，以及初一、十五才下凡來，只住一夜就離開了。後來張華為天上玉女寫了一篇《神女賦》。

殊途尚能同歸，何況緣分甚深，用心夠真。我的女神，你仍然願意嫁給我嗎？

庇蔭鄉里的樹之女神

黃祖

在廬江郡龍舒縣陵亭的河邊有一棵大樹，高幾十丈，經常有幾千隻黃鳥在樹上棲息著。當時正值長期天旱，老人們都傳說：「那棵樹經常有黃氣，也許是神靈在此，可以向祂求雨。」於是鄉民們就拿著酒肉向大樹祭祀求雨。

陵亭裡住著一個名叫李憲的寡婦，夜晚在臥室裡，一名穿著繡有茶花衣服的婦女現身，她自我介紹說：「我是樹神黃祖，因你本性純潔，我幫助你維持生活。早晨時鄉民們都想要求雨，我已經向天帝請求天降甘霖，明天中午將會降下大雨。」到了第二天中午，陵亭果真下起大雨來。於是，鄉民們為樹神建立了祠廟。樹神說：「我住在水邊，各位鄉親長者在此，應當贈送一些鯉魚。」說完，就有幾十條鯉魚飛來聚集在堂屋裡，在場的人無不驚訝。

過了一年多，樹神黃祖對李憲說：「這裡將要發生重大戰爭，現在我要向你辭別了。」臨走的時候，留給李憲一個玉環，並且說：「拿著它可以避免災難。」後來，劉表和袁術互相攻打，龍舒縣的老百姓都逃難走了，只有李憲的家鄉沒有遭受到戰爭災難。

風調雨順、飲食無虞、沒有戰亂，廣大人民所祈求的，其實只是個能夠安居樂業的微小願望。

脫離苦悶現實跌入洞天仙境！

劉晨、阮肇

漢明帝永平五年，剡縣的劉晨和阮肇一同進山採谷樹皮，在山裡迷了路，回不了家。過了十三天，他們帶的糧食全部吃光了，餓得快要死去。這時他們看到遠遠的山頂上有一棵桃樹，結著很多果實，但隔著險峻的懸崖和極深的溪澗，完全沒有上山的路。他們拉著藤蔓和葛條攀登，爬上山頂。兩人各吃了幾個桃子之後，便感到飢餓消除，體力充沛。接著他們又下了山，拿出碗來打水，想要洗漱一番。突然他們發現有蕪菁菜葉從山腰裡的溪澗裡流出來，顏色很新鮮，接著又有一隻碗流出，碗裡裝著芝麻米飯。兩人相互說：「這裡離人的住處不遠了。」於是一同走下小溪，沿著水流來的方向走了兩三里路。

當他們轉過一座山，這裡有一條大溪流出，溪邊站著兩位姑娘，姿態和容貌都美得無人可比，看見他倆拿著碗走來，便笑著說：「劉、阮兩位郎君，把剛才沖走的碗送來了。」劉晨和阮肇本來不認識她們，由於她們一下子就叫出他倆的姓氏，像早就相識一般，便非常高興地和她們相見。兩位姑娘問道：「你們為什麼來得這般遲呢？」於是邀請他倆一同回家。她們的家是銅瓦蓋的屋，南牆和東牆下各安了一張大床，都掛著深紅色的羅帳，羅帳的四周吊著小鈴鐺，金銀交錯編在一起。兩張床頭各站著十個侍候的丫環。兩位姑娘吩咐丫環說：「兩位郎君翻山越嶺地走來，剛才雖然吃了幾個桃子，仍然是又餓又累的，你們要快點做飯來。」不久，他們吃到了芝麻飯、乾山羊肉和牛肉，味道很香美。吃完飯，斟上了酒。這時，有一群姑娘來了，她們每個人都拿著三、五個桃子，嬉笑著對這兩位姑娘說：「祝賀你們的女婿光臨。」酒足之後，又奏起了音樂，劉晨和阮肇又高興又害怕，到了夜晚，兩位姑娘讓二人各到一張床上安歇，她們分別前往陪伴他們，她們的言語清麗婉轉，使劉晨和阮肇忘掉了一切憂愁。

過了十天，劉晨和阮肇想要回家，兩位姑娘說：「你們既已來到這裡，就是前世的福分把我們連在一起了，為什麼又要回去呢？」就這樣，他倆在山中停留了半年。到了春天，草木繁茂，百鳥啼鳴，劉晨和阮肇更加愁思滿懷，思鄉的念頭更是強烈。兩位姑娘說：「罪孽纏著你們，又有什麼辦法呢？」於是她們請來上次來過的姑娘，一共有三、四十人，聚在一起吹、拉、彈、唱，共同為劉晨和阮肇送行，還給他們指明了回家的道路。

他們從山裡回到家中以後，發現親戚朋友都已經死了，村落和房屋也改變了原來的樣子，再也見不到過去熟悉的一切了。經過一番打聽才找到第七代孫兒，孫兒說：「聽別人講，我的上代祖先進山以後，迷了路沒能回來。」到了東晉太元八年，劉晨和阮肇忽然離家遠去，不知去向。

仙界人間已是隔世，三百年後的人間，還會有你我所思念的一切嗎？

妙音

漢代太山郡人黃原，清早開門，突然發現有一隻黑狗伏在門外，就像家中飼養的狗在看門一樣。黃原用繩把黑狗栓好，與同鄉一道打獵。有一天，快到黃昏的時候，看到一隻鹿，黃原就放黑狗去追趕，黑狗跑得很慢，雖然竭力驅趕，但始終沒有能把鹿追到。

黃原與狗趕了幾里路，來到一個洞口。進洞走了一百多步，洞裡忽然出現了平坦的大道，槐樹柳樹成行栽種，路邊圍墻環繞。黃原跟著狗進入一家大門，門內約有幾十間房屋整整齊齊地排列著，房中全是些女孩，她們的姿容美好，服裝豔麗，有的彈琴有的下棋。

黃原到了北面的小樓上，這裡有三間房，有兩個人站在那裡守門，像是在等候什麼。這二人見黃原來了，對看了一下笑著說：「這是黑狗引來的妙音的女婿。」說完，一人留在門口，另一人進小樓報信。

不一會，有四個侍女出來，說是太真夫人對黃原這樣說：「我有一個女兒剛剛成年，按前世的定數應作你的妻子。」天黑以後，有人引黃原進入裡面去。裡面有朝南的廳堂，廳堂前有水池，水池中央有高臺，高臺四角有直徑一尺的孔，孔中有光亮映照床帳。妙音容貌姣好，服侍的侍女也長得漂亮。夫妻交拜以後，兩人快樂地同食同宿，像早就相識一樣。

過了幾天，黃原想暫時回家報信，妙音說：「人與神情況各有不同，本來就不能長期在一起過日子。」到了第二天分別時，妙音把玉珮解下來送給黃原，她站在臺階上傷心得眼淚鼻涕都流出來了，哭著對黃原說：「我們沒指望再見面了，我對你非常愛慕和敬重的，你如果能夠惦記我，到了每年的三月初一，請你齋戒沐浴來相見。」四個侍女把黃原送出了門，他只用半天時間便回到了家中，而他的神智卻總是迷迷糊糊的。

後來到三月初一的那天，黃原就齋戒沐浴，天空這時便有一台蓬車隱約的朝他飛來。

狗兒雖然不善狩獵，卻能牽起人神之間的紅線，情分深厚，即便天上人間，年年都能再續前緣。

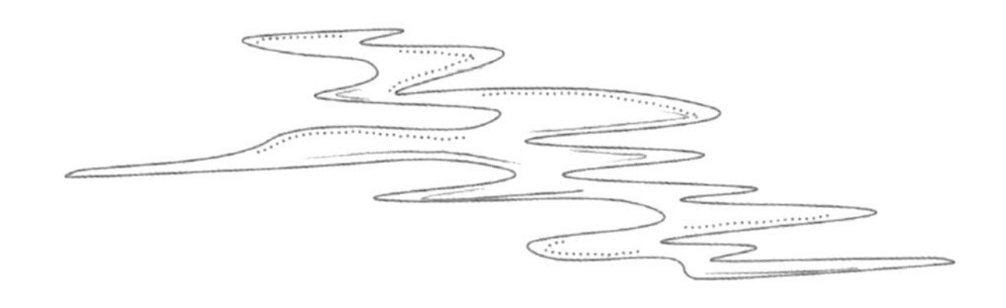

董永

漢朝千乘縣的董永和父親一起相依為命，母親在他幼年的時候就去世了。董永竭盡全力從事農業生產，並趕著小車運送東西掙錢養家。即使如此，父親過世後，他還是沒有錢安葬，董永只好把自己賣給有錢人家當奴僕，用賣身錢來辦理喪事。

主人知道董永孝順，就給他金錢一萬，讓他回家去盡孝道。董永守孝三年結束後，準備回到主人那裡去盡奴僕職責，途中遇到一個婦女對他說：「我願意作你的妻子。」於是，董永和她一起到了主人那裡。

主人對董永說：「我算是把錢送給你了。」董永說：「承蒙您的恩惠，父親的喪事才能辦完。我雖然是個微不足道的人，但我一定會盡全力幹活，來報答您的大恩大德。」主人問：「你的妻子會做什麼呢？」董永說：「她會紡織。」主人說：「如果你堅持這樣的話，那就讓你的妻子幫我織一百匹細絹好了。」於是，董永的妻子就替主人家織細絹，只用了十天就織完了。

董永和妻子一起離開主人家，出了門，妻子對董永說：「我是天上的織女，因為你非常孝順，天帝就讓我下凡來幫助你還清債務。」說完，她旋即騰空而去，消失無蹤。

牛郎織女神話其來有自，董永便是牛郎的另一世，無論前世今生，兩人都情定彼此，生生世世都再作夫妻。

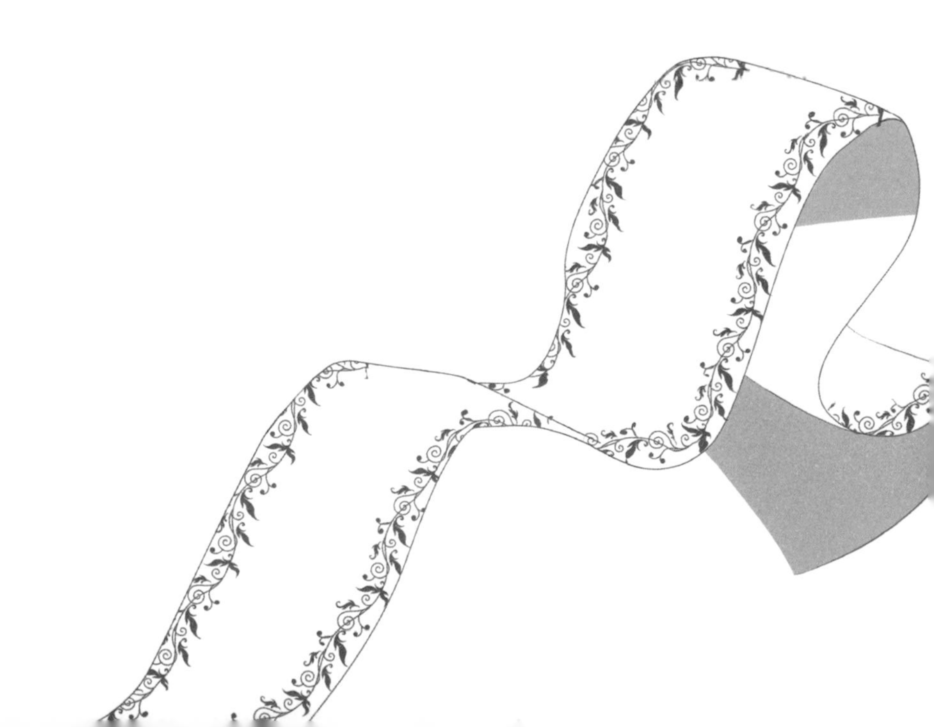

清溪娘子

會稽人趙文韶，擔任東宮扶侍，住在清溪中橋。一個秋天的夜晚，趙文韶仰望明月，心中生起思鄉的愁情，他斜靠在門框上唱起《西烏夜飛》這首歌，歌聲如泣如訴。

這時看見一個年約十五、六歲的丫鬟前來，對他說：「我家娘子讓我告訴您：我們正在月下追逐遊戲，聽到您的歌聲，特地派我前來問候。」當時四處的人聲還沒有靜下來，趙文韶對來人毫不驚疑，於是溫和委婉地答禮，並邀請丫鬟的主人到家裡來作客。

不一會兒，那位娘子到來了，她年約十八、九歲，姿態容貌都十分可愛，隨行的還有兩個丫鬟。趙文韶問她家住在哪裡，她指著溪旁的房屋說：「就在那裡。」又說：「聽到您的歌聲，所以特地前來相見，哪能只聽一首呢？」趙文韶立即為她唱了一曲《草生磐石》，歌聲清亮流暢，又一次滿足了姑娘的心意。於是她說：「只要有了瓶，哪裡還愁沒有水？」並回頭對丫鬟說：「回去拿箜篌來，為扶侍彈幾首。」

沒多久箜篌拿來了，姑娘在弦上撥動了兩三下，聲音清脆悅耳，淒楚異常，她又吩咐丫鬟唱《繁霜》，自己解開裙帶把箜篌攔腰繫著，彈著弦為唱的人打拍子。

《繁霜》歌中唱道：「黃昏風蕭蕭，落葉戀枝條，心中愛慕意，怨你未知曉。繁霜侵羅帳，為何守空房？明朝繁霜落，相隔兩茫茫！」一曲唱完，夜已經很深了，姑娘於是留下來安歇。四更過後，姑娘才離去，臨行時，她摘下金簪送給趙文韶，趙文韶也用一只銀碗和一枚琉璃勺子回贈給她。

天亮以後，趙文韶到外面散步，偶然來到清溪廟裡，坐在神像前休息，看見自己的銀碗在神座上，非常吃驚，轉身走到神像後，又見琉璃勺子也在那裡，箜篌上依然繫著裙帶。只見清溪廟中有一尊女子神像，侍女站在神像跟前，趙文韶仔細辨認，發現神像與前晚見到過的兩人長的分毫不差。此後，清溪廟裡的神像便不知去向。這件事發生在宋元嘉五年的時候。

你唱歌，我演奏，女神聽完歌聲就動了心，借彈箜篌傳情，最後神像不見去向，但應該就是私奔去了吧？

河神找女婿

河伯

劉宋時，餘杭縣南邊有一個上湘湖，湖中間築著堤壩。有一人騎了馬去看戲，後來又帶著三、四個隨從到一處名為岑村的地方飲酒，大家喝得半醉，等到天色漸晚才一同回家。當時天氣炎熱，這人下馬把自己泡在湖水裡，枕著石頭睡著了。他的坐騎掙斷韁繩往家裡跑，隨從們全都去追馬了，直到天快黑了都還沒回到主人身邊。

這人一覺醒來，發現夜幕低垂，自己的人和馬都不見了，卻看見一位年紀約有十六、七歲的姑娘走到面前，對這人說：「請允許我向你問一聲，現在天已經黑了，這地方非常可怕，你打算怎麼辦呢？」這人反問：「這位姑娘姓什麼？為什麼突然對我說這些話呢？」這時，又有一名少年來了，年齡大約有十三、四歲，看起來聰明伶俐，他乘著新車，車後有二十個人跟隨著。少年請這人上車，說：「我父親想與你見個面。」就把人拉上車往回走。

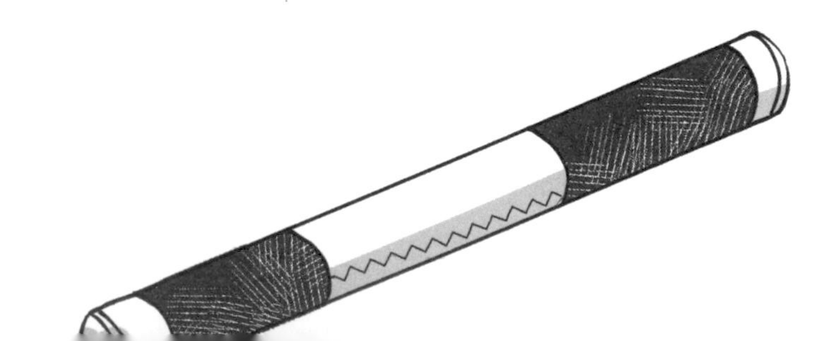

一路上，絡繹不絕的人們打著燈籠火把，一會兒就看到了城郭和街市，這人隨即進入城中，來到一座衙門裡的廳堂內，兩旁樹立著標明官號的旗幟，旗幟上寫著「河伯」二字。不久屋裡走出一男人，年紀在三十上下，容貌像畫一樣俊美，跟在他身後的護衛很多。他見到來客滿心歡喜，吩咐手下的人擺酒宴招待，席間他對這人說：「我有個女兒十分聰明，想許配給你作妻子。」這人已經知曉對方就是河神，內心又敬又怕，不敢拒絕違逆。河伯於是立即叫人準備婚事，讓這人就在這間屋子裡成婚，他手下辦事的人說一切早已安排就緒。

河伯送給這人絲綢單衣、夾紗絹裙、紗製貼身褲褂以及鞋子和木屐，這些東西都十分精美。又派來十個辦事人員和幾十個使女。河伯女兒年約十八、九歲，姿態和容貌美好，就這樣，兩人結成了夫妻。第三天，河伯大宴賓客，新女婿行了拜門禮。到了第四天，河伯對女兒說：「依照禮制既有的規定，應該打發你女婿回去了。」河伯的女兒將金盆、麝香囊作為臨別紀念品，流著淚向女婿告別，又贈送丈夫十萬貫錢和三卷醫藥方，並對他說：「你可以用這些錢和藥方為別人做好事。」

這人回家後，就不肯另娶他人，他向父母辭別，離開家鄉，遊走行醫。那三卷醫藥方，一卷是脈經，一卷是湯藥方，一卷是藥丸方，這人用這些方子四處救死療傷，都收到非常好的效果。後來他的母親年紀大了，哥哥也去世了，這人才回鄉結婚做官。

河伯俊美，女兒也標緻非常，更難得女婿也是重情重義樂善好施之人，但如此佳偶卻不能長久結合，禮制的難以違逆暗示了現實禮法，對感情的限制重重，於是最後只能三卷醫方伴身，行醫四方。

水木精靈的報恩

藻兼

漢武帝在未央宮設宴招待文武百官，剛要喝酒吃菜時，忽然聽見有人說：「我要冒著死罪一訴苦衷。」大家都看不到說話人的身影，找了半天才發現屋樑上有一個老頭，身子只有八、九寸長，面色發紅，滿臉皺紋，鬍子頭髮都是雪白的，柱著拐杖躬著腰，樣子十分衰老。

武帝問：「你這個老頭姓什麼叫什麼？住在哪裡？遭到什麼災難，要來向我告狀？」老頭沿著柱子滑到地上，丟掉拐杖只是叩頭，沉默著不說一句話。他借勢抬頭看看房屋，又俯身指指武帝的腳，一下子就不見了。武帝又驚又怕，說：「東方朔一定知道這種事情。」於是把東方朔叫來，把事情的原委告訴了他，東方朔說：「這老頭名叫『藻兼』，是水木的精靈。他夏天在幽深的樹林裡居住，冬天潛伏在深水中。陛下不久前大修宮殿，把他安身的樹木都砍了，所以跑來訴苦！仰頭看屋而又俯身指您的腳，意思是足夠了。希望陛下的宮殿建造到此為止，這樣就足夠了。」武帝聽了大為感悟，從此以後就停止了興建土木。

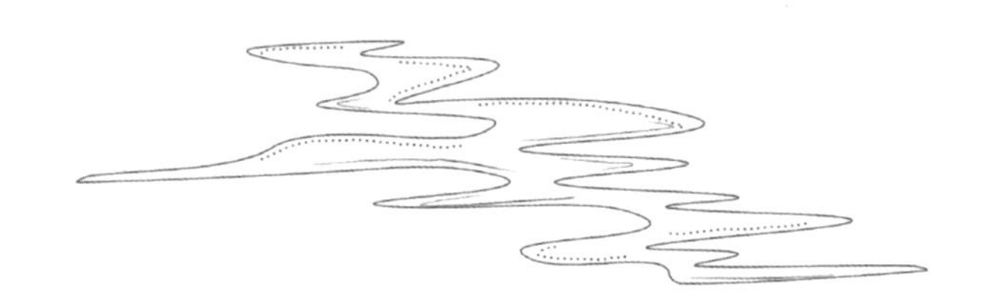

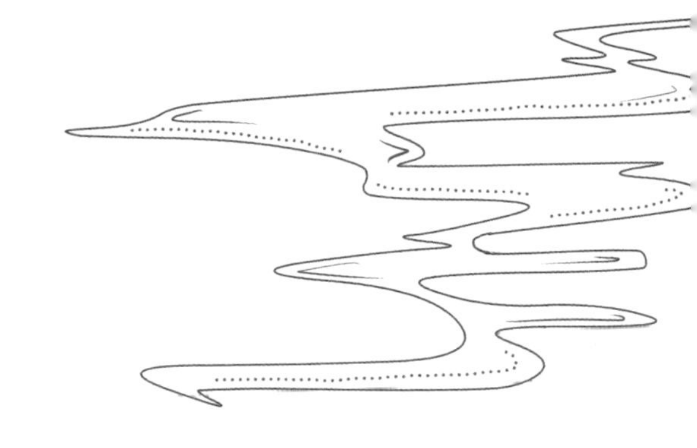

後來武帝來到瓠子河邊，聽見河底下有彈唱之聲。發現藻兼和幾個年輕人穿著深紅色衣服，繫著白色衣帶，佩帶著鮮豔奪目的裝飾品，有的人還攜帶樂器。他們身高都約八、九寸，有一人高一尺多一點。他們乘著波浪從河底現身，所穿的衣服卻一點也沒有被水打濕。武帝剛要進餐，看見他們來便停止了飲食，請他們並排坐在飯桌前面，問道：「剛才聽到河底在奏樂，演奏的就是你們嗎？」藻兼回答說：「我上次冒死到您那裡申訴，有幸蒙受到如同天地一般的大恩，您立即停止了砍伐，使我們居住的地方得到保全，大家抑制不住內心的喜悅，所以在進行慶賀呢！」武帝又問：「能為我們演奏幾首嗎？」藻兼說：「特地帶著樂器來，哪敢不演奏？」

於是那個最高的人就彈著琴唱了起來，歌中唱道：「天地有德兮大恩降，哀憐幽靈兮刀斧藏，保全巢穴兮住有房，敬祝天子兮壽無疆！」歌聲清亮高昂，繞梁不絕，還有兩人吹笛擊拍，音調十分和諧。武帝聽了非常高興，舉杯向他們勸酒，說：「我無德，擔當不起你們送給我的美好稱頌。」藻兼一夥人全都站起來拜謝賜酒，每個人都喝了好幾升，卻沒有一個喝醉的。

藻兼獻給武帝一個紫螺殼，裡面裝的物品形狀像牛油。武帝說：「我愚昧，不認識這東西。」藻兼說：「東方朔認得它。」武帝又說：「請你另外給一樣更珍貴、更稀奇的東西。」藻兼回頭下令到洞中去取寶物。其中一人聽到吩咐後就沉入水底，一會兒又回到岸上，手上拿著一顆大珠子，直徑有數寸長，明亮耀眼，舉世無雙，武帝對這顆珠子愛不釋手。這時，藻兼和那些年輕人忽然之間都消失了。

武帝問東方朔：「紫螺殼中是什麼東西？」東方朔說：「是蛟龍的骨髓，用來擦臉，能使人臉色紅潤；女人懷孕，用它以後，生孩子一定很順利。」恰好皇宮裡有人難產，試用了蛟龍髓，果然非常有效。武帝用蛟龍髓擦臉，臉上便光潤悅目。武帝又問：「為什麼這顆珠子叫洞穴珠？」東方朔說：「河底下有個洞，有幾百丈深，洞裡有紅色蚌，這是蚌生的珠，所以叫這個名字。」武帝不禁深深讚嘆，又佩服東方朔的博聞卓見。

漢武帝武功卓著，更有大興土木之舉，因此藻兼也許是代替自己也代替民眾，對好大喜功的武帝說一說心裡苦，武帝總算不失明君風範，停止土木興建，也獲得精靈的報恩。

異鳥解蝗災

帟侯

漢中地區有個鬼神名叫帟侯，經常落在人們用來遮塵土的小帳幕上，喜歡吃醃魚之類的食物，能夠預料吉凶。甘露年間，大蝗蟲成災，凡是蝗蟲經過的地方莊稼都被吃光。漢中太守派遣使者向帟侯祈禱，用醃魚祭祀它。官吏隱隱約約地看見帟侯的形狀與鳩相似，而聲音卻像水鳥。帟侯對擔任使者的官吏說：「蝗蟲為災是件小事，我馬上就去消滅它們。」說完，祂就立即飛走了。官吏回去後，把全部情況稟告了太守。不久，果然有億萬隻鳥飛來吃蝗蟲，一會兒蝗蟲就被吃光了。

古人無力抵抗水、旱、蟲、風等自然災害，只好祈求神靈來幫助自己，漫天鳥群飛來解決蝗蟲災禍，不是神蹟也必是奇景。

如願

盧陵人歐明，同商人一起四處經商。路過彭澤湖的時候，常常把珍寶投入湖中，說是用這些東西作為送給湖神的禮物。就這樣做了許多年，某次從彭澤湖經過時，他看見湖中有一條寬敞的道路，路上揚起漫天灰塵，有幾名穿著單衣的小吏，乘著車騎著馬前來相迎，他們自稱是青洪君派來接客的。歐明知道他們是神仙，不敢不跟隨他們去。

走了不久，便遠遠看見了官府的房舍和門前的衙役。歐明非常害怕，問小吏說：「我怕是回不去了吧？」小吏說：「沒什麼可怕的！青洪君因為你一向有禮，所以才邀請你來；他一定有重禮送給你，別的你都不要收，單單向他要『如願』！」歐明進去後，青洪君對歐明知道如願非常驚奇，心裡捨不得但也無可奈何，只好把如願叫出來，讓她跟歐明一道回去。原來如願是青洪君的使女。

歐明帶著如願回家，想要什麼就能得到什麼。幾年後就發了大財，他的態度也逐漸變得驕橫不滿，不再愛惜如願了。正月初一那天，雞才啼叫第一遍，歐明便去叫如願起床，如願睡著沒起來，歐明便大發脾氣要毆打她。如願趁勢逃跑了，歐明跟著追到垃圾堆旁。垃圾堆上堆著舊年做清潔時收攏的柴草，如願便從這裡逃脫了。歐明就用棍子揮打柴堆，想讓她走出來。打了半天沒人出來，才知道這辦法行不通。於是他對柴堆說：「如願，只要你使我發財，我再也不會打你了。」

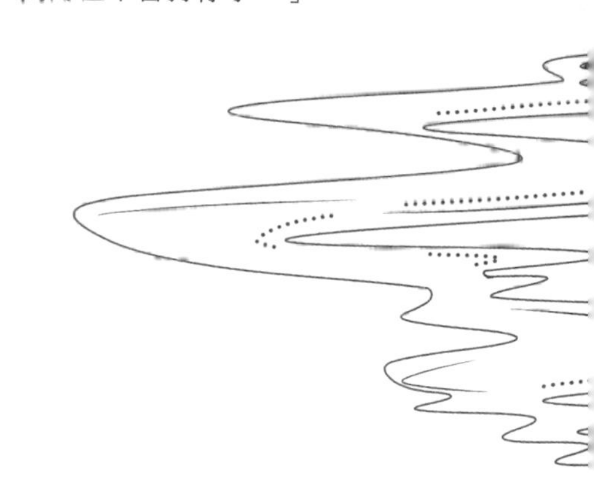

後來，人們在正月初一雞叫第一遍的時候就會前往敲打垃圾堆，他們相信可以使人發財。

沙豬虐妻的悲慘故事，竟演變成新年發大財的習俗，據方志記載，初一清早打柴堆的風俗直到清代還在某些農村流傳。

園客

濟陰郡人園客，他的容貌英俊，鄉鄰中有不少人都想把女兒許配給他，但園客始終沒有娶親。他曾種植過一種五色香草，幾十年來，一直服用這些香草的果實。某天，一隻五色神蛾飛落在香草上。園客將牠養在布上，神蛾開始生出桑蠶，一位神女每天晚上都會來幫助園客餵養桑蠶。他們餵桑蠶吃五色香草，共收獲了一百二十個蠶繭，個個像水甕那樣大，每個蠶繭都要用六至七天才能把絲抽完。等絲全部抽完，神女與園客都成仙飛走了，誰也不知道他們去了什麼地方。

園客的園裡彷彿美不勝收的洞天，蠶繭晶瑩如玉、香草瀰漫香氣，神蛾和神女佇立其中，恍若仙境。

仙女下廚做晚餐

白水素女

晉安帝的時候，侯官縣有一個叫謝端的人，他自幼喪親，又沒有親戚，幸虧好心的鄰居收養了他。謝端為人謙遜謹慎，勤勉做事。到了十七、八歲，謝端不再依靠鄰居撫養，開始獨立生活，當時的他還沒有妻室，鄰居們都很憐憫他，一直打算給他娶個妻子，只是一時之間未能找到。

謝端晚睡早起，不分晝夜地辛勤耕作。後來，他在城鎮的附近得到一個大田螺，有裝三升東西的壺那麼大。他覺得這是個奇異的東西，就拿回家來養在水缸裡。

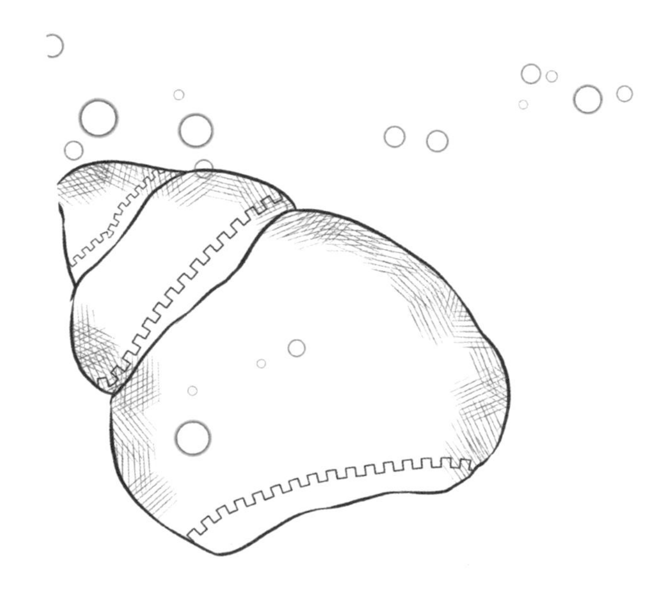

養了十幾天之後，謝端每天早晨到田裡幹活回來的時候，發現家裡已準備好飯菜湯水，好像是有人預先做好的。剛開始他以為這是鄰居的好意，接連幾天都是這樣，他便去感謝鄰居。鄰居卻說：「我並沒有做這樣的事，為什麼要感謝我呢？」謝端以為鄰居不明白他的意思，然而天天都是這樣，後來只好如實地跟鄰居說明情形。鄰居笑說：「你定是娶了妻子，偷偷地藏在家裡燒火做飯，怎麼反過來說是我幫你做飯呢？」謝端無話可說，只是心裡更加疑惑。

後來，謝端在雞叫的時候出門，天剛亮就悄悄地回來，藏在籬笆外面往自己家裡偷偷地察看。他看見一個少女，從水缸裡出來，到灶下去燒火。謝端於是進門去，徑直走到水缸去看那個大田螺，結果只看見一個螺殼。他這才到灶下去問那名少女：「你是從什麼地方來的，為什麼要幫我做飯？」少女十分驚惶不安，想要回到水缸裡去，卻又回去不成，只好如實地回答說：「我是天河中的白水素女。天帝哀憐你很小就死了父母，為人又誠懇正直，因此派我暫時為你看家做飯。讓你在十年之內家庭富足、娶上媳婦，到那時，就是我應當回去的時候了。然而你卻私下偷看，趁我不備之時突然闖進來盤問我。現在，我的真面目曝光，已經不適合再留下來，應當離開這裡了。雖然如此，你今後的生活自然會稍好一些。你要辛勤耕作，兼以打魚採摘來謀生。我留下這個螺殼離開，你用它來貯藏糧食，就能常年糧食無虞了。」謝端挽留少女，她始終不答應。這時忽然颳風下雨，一瞬間少女就消失不見了。

謝端為少女立了個神位，按時節祭祀她。從此，謝端生活富足，但也稱不上非常富有。鄉親中有人把女兒嫁給了他。後來，謝端當了官，做了縣令。現今侯官縣還有素女祠。

白水素女又稱作「螺女」或「田螺姑娘」，在民間是婦孺皆知的動人故事，白水素女勤勞、善良，對弱者富於同情心，至今在福建省和沿海省份仍然備受崇敬。

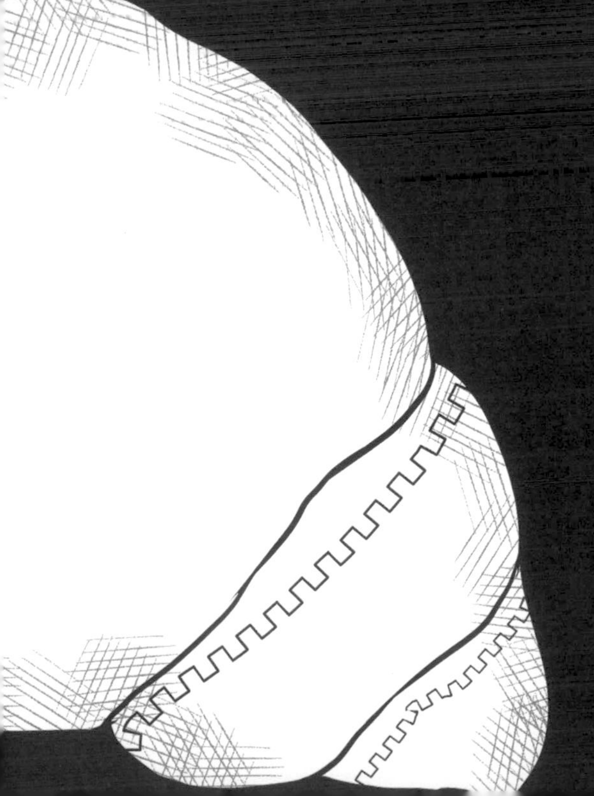

青鳥

在會稽郡剡縣，名叫袁相、根碩的兩個年輕人一起去打獵，他們翻越了一座座崇山峻嶺，看見了六、七頭山羊，他們就跟著追趕。途中經過一座路橋，非常狹窄高峻。山羊跑過去了，袁相與根碩也跟在後面追過去。過了石橋，迎面的是一片斷崖絕壁。土崖赤紅，像牆壁一樣聳立著，名叫赤城。上有水流奔瀉而下，就像懸掛的布匹那樣，剡縣人稱為瀑布。山羊一下子就跑到一個像門一樣的山洞，根碩二人也跟著進入山洞，只見裡面十分平坦寬敞，草木芬芳，香氣襲人。

山洞裡有一間小屋，裡面住著兩位姑娘，年齡約在十五、十六之間，穿著青色的衣裳，容貌十分漂亮。她們看見袁相與根碩，十分高興地說：「早就盼望著你們來了！」於是，他們就各自結為夫妻。

有一天，姑娘們忽然要出門，說是又有同伴招來新女婿，要前去慶賀一番。她們在陡峭的山崖上拖著鞋子行走，發出清脆悅耳的琅琅聲。袁相與根碩兩人都想回家，趁著妻子們不在，悄悄地踏上了回家的路。兩個女子知道後就追了上來，並對他們說：「你們可以回去。」同時把一個小提袋送給了根碩二人，並對他們說：「但千萬不要打開。」於是，袁相與根碩就回家了。

一天根碩外出，家裡的人打開小提袋來看，那袋子就像蓮花一樣，剝去一層又有一層，一直剝到第五層，發現中間有一隻小青鳥，小青鳥一下子就飛走了。根碩回來知道此事，心裡十分惆悵。後來根碩去田裡耕種，家裡人按平常那樣送飯去，卻看見他呆坐在田裡一動也不動，走近一看，發現根碩只剩下了一個軀殼，像是金蟬蛻殼一般。

無論東方西方，青鳥都是幸福的象徵，人仙戀愛，結為夫妻，美滿幸福，反應了人民的嚮往。但文末的飛走的青鳥，也預示了哀傷的心理，亂世的幸福，終究難尋。

鬼怪精獸

卷一

冷靜能氣死一隻鬼

宋大賢

南陽城西郊有一座不能夜宿的客棧，如果住下就會發生災禍。城裡有一個叫宋大賢的人，為人正派守規矩，曾經在那座客棧住過一晚。

那晚，宋大賢坐著彈琴，沒有攜帶任何兵器。到了半夜，一隻鬼忽然來了，它爬上樓梯與宋大賢說話，瞪眼磨牙，樣子令人厭惡。宋大賢照樣彈琴，鬼見宋大賢都不理睬他，就走開了。

不久，鬼拿了一顆死人頭回來，對宋大賢說：「你願意和死人頭睡覺嗎？」接著就把死人頭扔到宋大賢的面前。宋大賢說：「太好了，我晚上躺著沒有枕頭，正想得到這個東西。」鬼覺得沒趣，又走開了。

過了一段時間，鬼又再回來，它說：「你願意與我一起對打嗎？」宋大賢說：「很好。」話還沒有說完，鬼就站到了宋大賢的面前，宋大賢就順勢抓住了鬼的腰部。那鬼大喊：「痛死我了，痛死我了！」宋大賢最後把鬼殺死了。第二天再看那鬼，原來是一條老狐狸。從此以後，那座客棧再也沒有妖怪了。

其實最恐怖的是宋大賢的冷靜與冷酷，近乎無情的態度令人戰慄，反而鬼還比較有點人情味。

宗定伯

南陽郡人宗定伯，有次趕夜路時遇上一隻鬼。他向鬼發問：「你是誰？」鬼回道：「我是鬼。那你是誰？」定伯故意騙鬼說：「我也是鬼。」鬼問：「那你要去哪裡呢？」定伯回答：「我要去宛市。」鬼說：「我也要到宛市去。」於是他們一起結伴走了幾里路。

鬼說：「走路好累，我們輪流背著對方走好嗎？」定伯說：「這太好了！」鬼於是先背定伯，走幾里路，鬼說：「你好重啊，你真的是鬼嗎？」定伯回應：「我才剛死，所以比較重。」接著換定伯把鬼背到肩上，鬼輕到幾乎沒有重量。他們就這樣輪流背了對方好幾次。

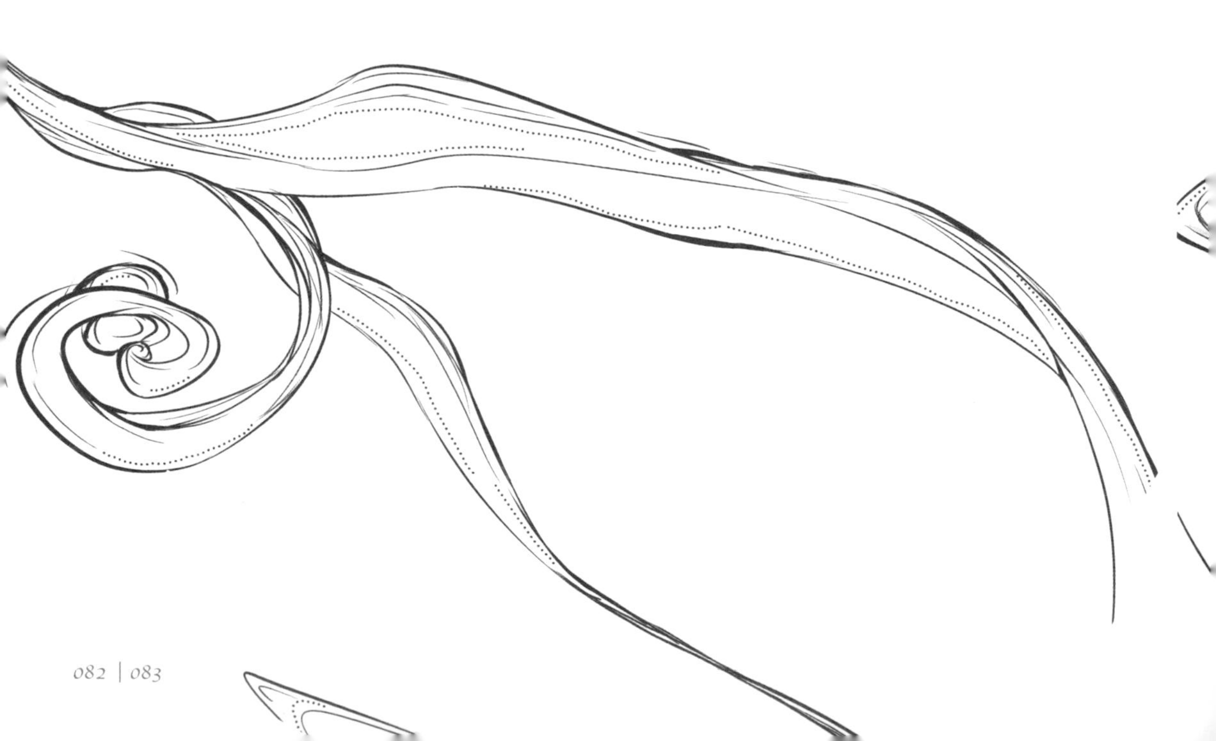

定伯又問鬼：「我剛死，不知道鬼會害怕些什麼呢？」鬼說：「怕人對我們吐口水。」就這樣，他們邊說邊走，前方突然出現一條河，定伯就讓鬼先渡過去，鬼過河時十分安靜，完全聽不到水聲。一到定伯下水時，卻發出嘩啦嘩啦的水聲。鬼這時又問：「為什麼你過河會發出水的聲響？」定伯說：「剛死的鬼不會過水，你不要大驚小怪。」

就在快走到宛市的時候，定伯突然把鬼抓到頭頂上，緊緊掐住。鬼大聲叫喊，拜託定伯讓他下來。定伯完全不理他，一路跑到宛市中心，再把鬼用力摔到地上，鬼立刻變成了一隻羊，定伯朝牠身上吐口水。最後定伯還把鬼變成的羊給賣掉，賣了一千五百文錢，才離開宛市。

因為如此，宛市開始流傳一句話：「定伯賣鬼顯奇能，得錢一千五百文。」

知人知面不知心，定伯的「奇能」究竟是機靈聰明、冷靜膽大？或是步步算計、城府深沉？路上如果遇到陌生的「人」，還是小心謹慎為好。

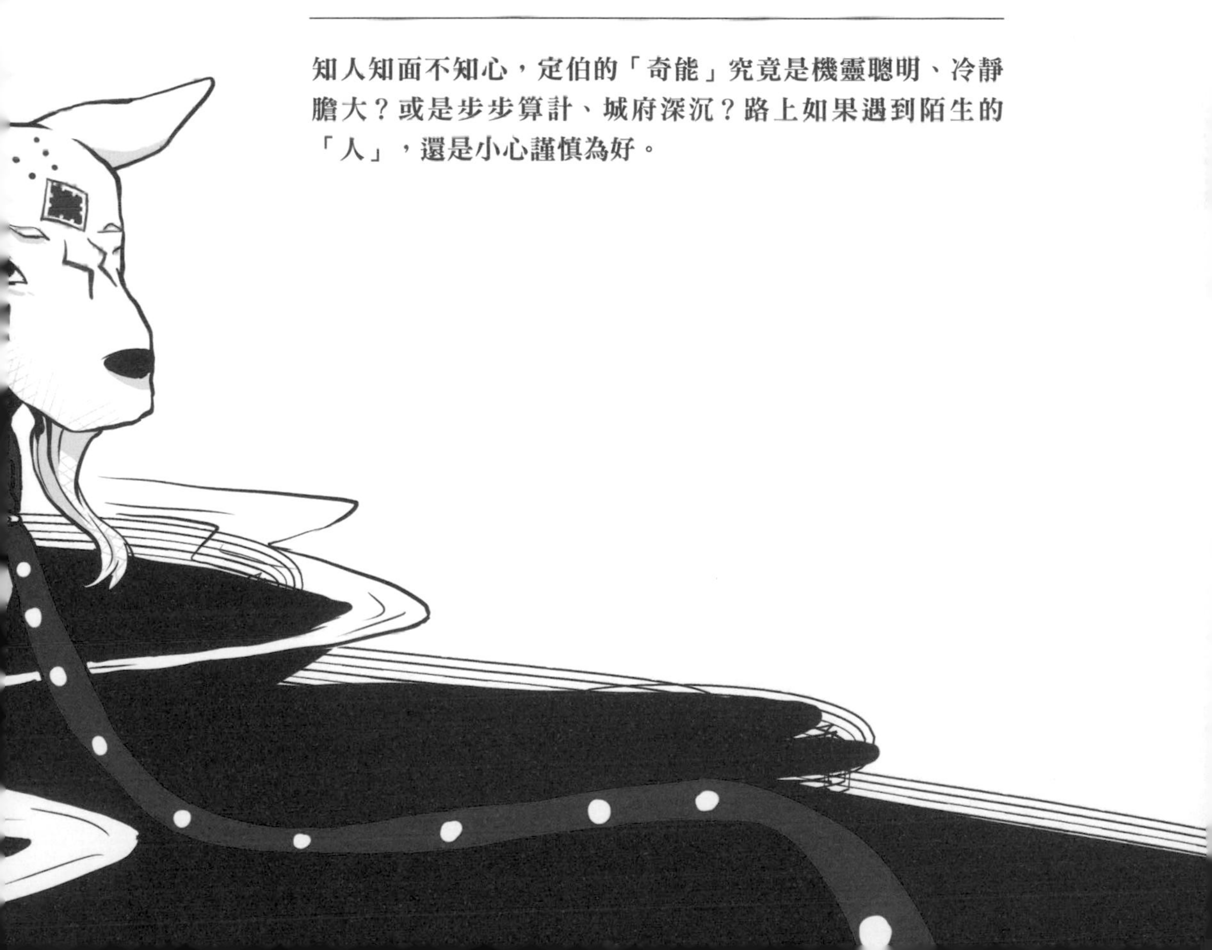

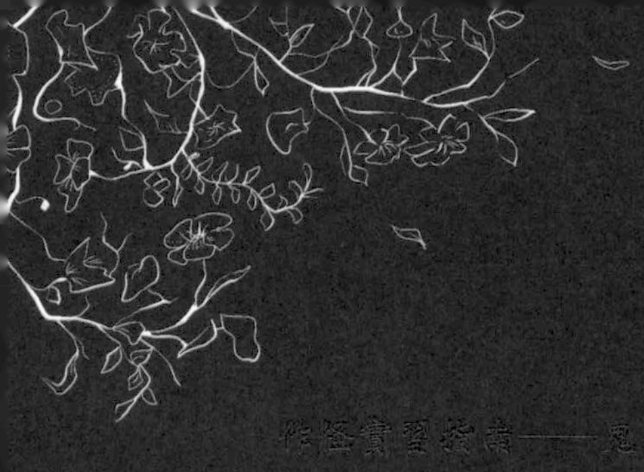

新鬼

有一個剛死不久的鬼，身形枯瘦、臉色疲憊。某日碰巧見到去世二十年的老朋友，長得魁梧壯碩。互相問候以後，老鬼問：「你怎麼變成這個模樣？」新鬼說：「我好餓啊，你應該知道很多填飽肚子的方法吧？能不能教我幾招？」老鬼說：「這很容易，你只要對活人作怪，他們害怕了就會給你東西吃。」

於是新鬼去了村莊的東邊一戶人家打算作怪，見他家的房裡有石磨，新鬼便向前把磨推了起來。這家人平時信奉佛教、行善修行，見了鬼在推磨，便對孩子們說：「你看，菩薩憐憫我們家，派鬼來幫忙推磨，我們快把麥子拿來吧。」說完便搬來一大袋麥子給鬼磨。到了傍晚，新鬼磨了好幾斛麥子，實在疲憊到不行，才快離開這戶人家。他回去生氣的責問老鬼：「你為什麼騙我？我快餓死了！」老鬼反而鼓勵他說：「第一次嘛，再多試幾次，自然會得到食物的。」

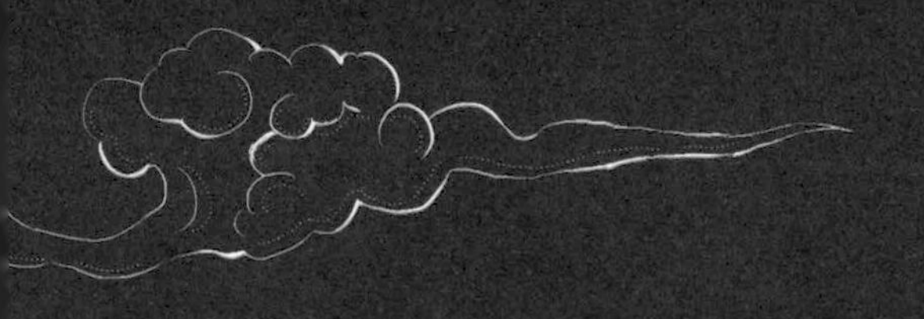

隔天，新鬼又從村的西邊，走進一戶人家，這戶人家信奉道教，大門旁邊有石碓，新鬼就爬到碓上舂起米來。這家的人大嘆說：「聽說昨天東邊有鬼替別人幫忙，今天又來幫我，實在太感謝，我們應該拿些穀子給他舂。」說完便派了丫鬟來幫鬼放米篩糠。到了晚上，新鬼累得不得了，但這家仍然不給他東西吃。

新鬼回去後對老鬼大發脾氣，說：「我們二十幾年的老朋友了，你為什麼不好好教我？我出去幫人做了兩天的活，什麼東西都沒吃到。」老鬼說：「你碰得不巧，這一家信奉佛教，另一家又信道教，本來就難以被鬼怪嚇倒。我教你，你現在去找那些不信佛道的人家作怪，保證一定會有食物吃。」

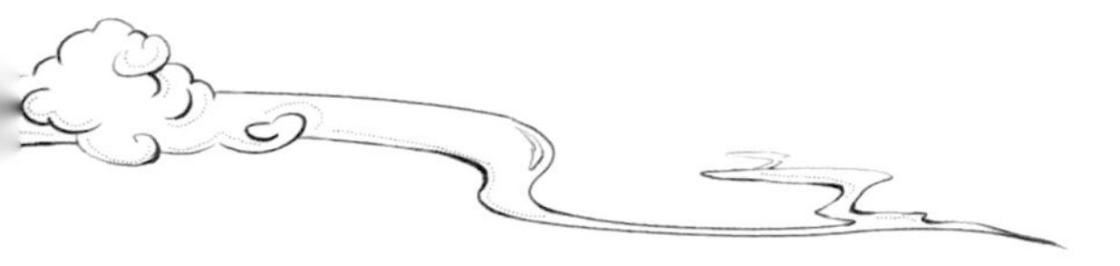

新鬼又找到了一戶人家，他走進院子裡，看見有一隻狗，就抱起來讓牠飄在空中。這家人從來沒有碰過這樣的怪事，非常驚慌，便去問了巫師。巫師占卜說：「有人餓了要東西吃，你們快點準備豐盛的菜飯，在院子裡祭祀它，這樣怪事就不會發生。」這家人便準備一桌飯菜在院裡祭祀新鬼，新鬼終於能大快朵頤，吃了個飽。

此後，舊鬼也不吝分享作怪方法，新鬼也漸漸掌握訣竅，再也不餓肚子了。

謙卑學習、鍥而不捨、專注目標，最後熟能生巧

無論學業、職場還是作鬼作怪，都適用此條法則。

超越時空的知音，一縷千古不朽的音樂魂

廣陵散

嵇康的性情豪放志趣高尚，常常隨心所欲地遊覽休息。有一次，嵇康走到離洛陽幾十里的地方，有一個涼亭叫月華亭，打算在此休息。有人告訴他，這裡過去常發生命案，但嵇康為人瀟灑曠達，絲毫不懼怕。

到了一更時分，嵇康彈起琴來，先彈了幾首小調，樂聲高雅脫俗，突然聽到有人叫好。嵇康按著琴問道：「你是誰？」一個聲音回答道：「我是個已死之人，埋在這裡已經有幾千年了。因為不幸死於非命，身體被毀壞了，不適合與你相見。但音樂是我過去的愛好，聽到你的琴聲清越和婉，實在忍不住叫好，請您不要被我嚇到了。請你再多彈幾首好嗎？」

嵇康莞爾，於是重新為他彈了一曲，彈完對他說：「夜已深了，我們何不相見呢？身體形骸的事情，不必計較的。」於是一個無頭鬼提著自己的頭顱，來到嵇康面前，說：「聽到您彈琴，我的心神不禁豁然開朗，彷彿起死回生。」於是和這鬼開始和嵇康談論音律樂理，兩人相談甚歡。

後來鬼對嵇康說：「你琴借我，我彈首曲子送給你吧。」這鬼彈了一首古典曲子，即是後世著名的《廣陵散》。嵇康向他學習，只花半個晚上就全部學會，但遠遠不及鬼彈得好，鬼要嵇康發誓，終生不得傳授《廣陵散》於他人，也不能對別人說出他的身分，嵇康也豪爽答應。不知不覺，已到黎明時分，兩人都十分不捨，這鬼對嵇康拜別道：「雖然我們只在今晚見過一次面，但彼此間的友誼卻像千古厚交一樣深，如今就此永別了。」說罷，鬼便消失在第一道曙光之中。

知音難尋，但即便只見一面，就能感覺兩人幾生幾世的緣分。據《晉書・嵇康傳》記載，嵇康學成《廣陵散》後，恪守誓言，終生不曾傳授他人。後來他遭受誣陷被判死刑，在臨刑前要來一張琴彈奏這首《廣陵散》，曲畢他惋惜長嘆道：「《廣陵散》於今絕矣！」。或許在死後的世界，他能遇見下一個知音，彈琴說樂，彷彿那一晚。

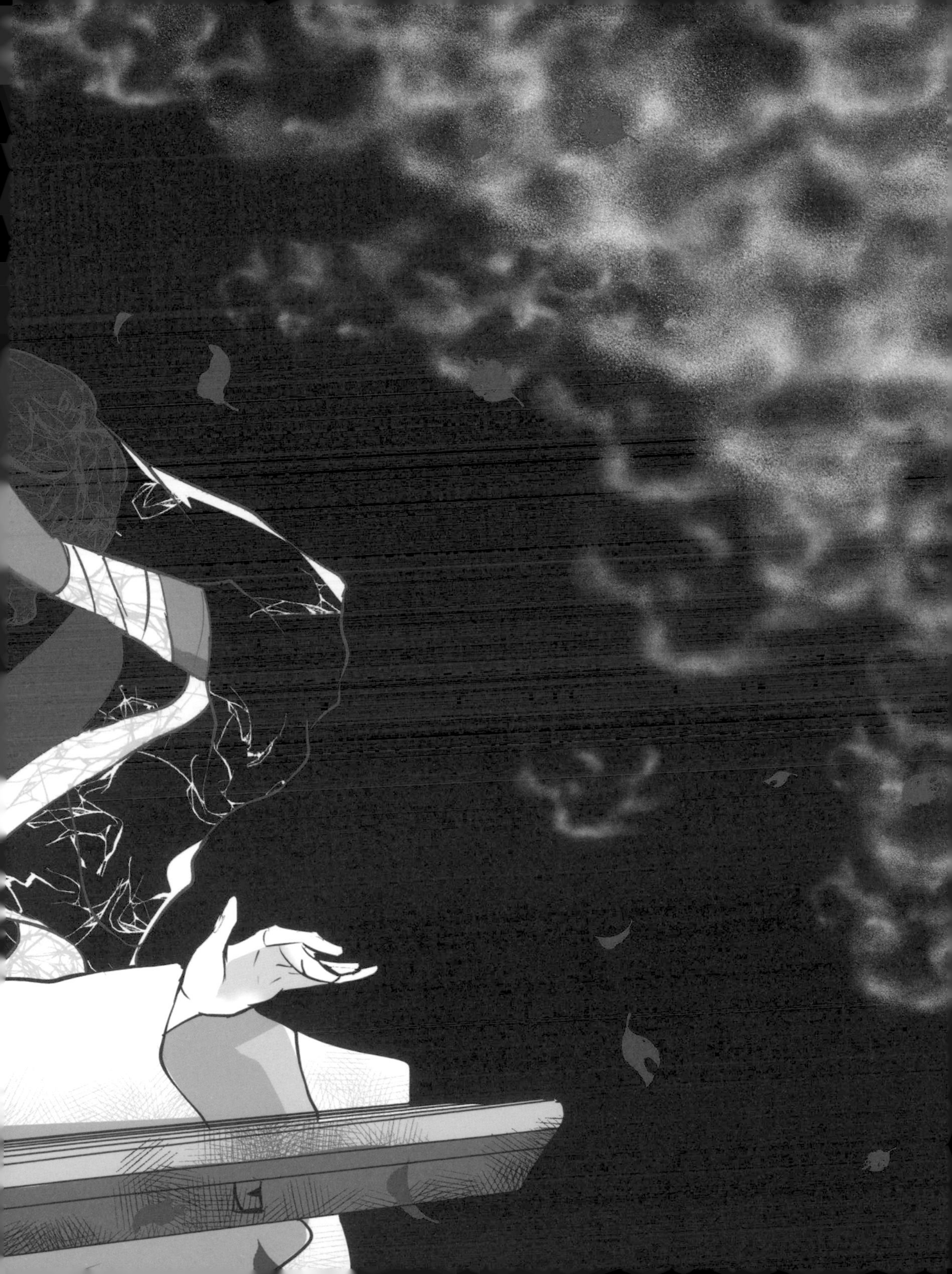

弘氏

南朝梁武帝想在他父親的陵墓旁修建一座寺廟，但因為沒有品質好的木材，便命令官員們去尋找。

當代有一個姓弘的曲阿人，家中非常富有，他和親戚在湘州經商。一年後弘氏造了一個大木　，約有六百米長，用的木材質地美觀，世間少有。當他們乘著木　路經南津港時，南津校尉孟少卿為了討好朝廷，便假借執法名義對弘氏百般刁難。

弘氏有些衣服綢緞等商品沒有賣完，孟少卿便誣陷說這些是搶來的，還說衣物的製作規格超出了禮制，不是商人應有的東西，並判處了弘氏死刑。孟少卿沒收了他的木材，打算把這些木材用來修廟，向武帝邀功。

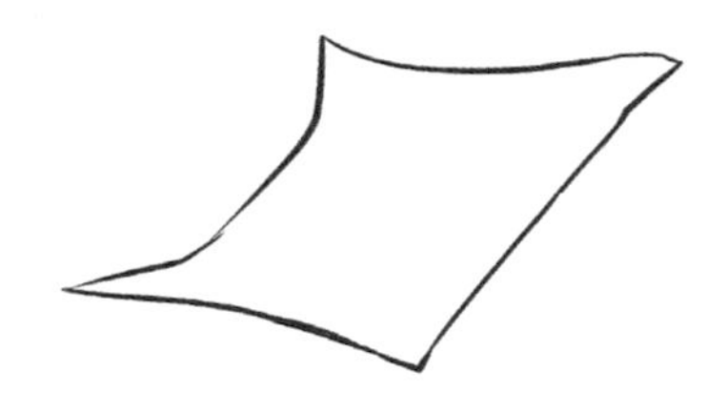

弘氏在行刑的那天對妻子說：「妳把黃紙和筆墨放進棺材裡，假如人死後靈魂不滅，我一定會找陰司申冤。」弘氏在紙上寫了幾十遍孟少卿的姓名，然後把紙吃進肚子裡，含冤赴死。

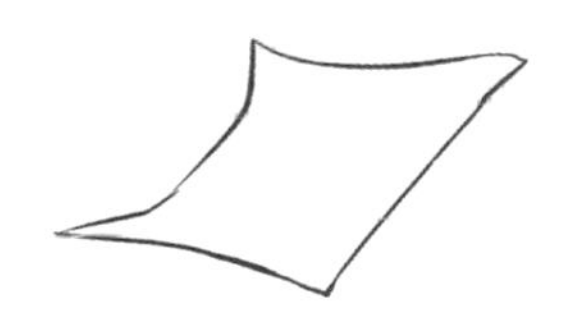

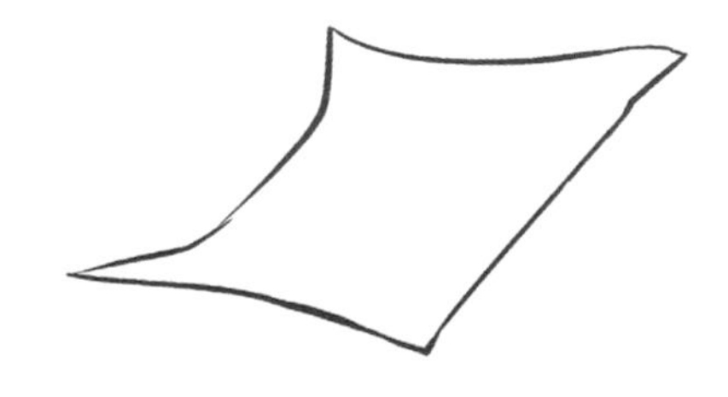

過了一個月後，一天孟少卿端坐在家中，突然弘氏的鬼魂騰空迎面撲來。一開始孟少卿還能邊躲閃邊抵擋，到後來就只能不斷地喊「饒命」，弘氏絲毫不理，最後孟少卿嘴裡噴出鮮血，很快就死去。緊接著所有承辦這個案件的官吏，以及在有關這個案子的奏章上簽過名的人皆一個一個死去，連新修好的寺廟也無端被一場大火燒盡，連木柱埋在地下的部分也成了灰燼。

貪官汙吏迎上壓下，醜惡行徑令人不齒，真的作鬼也不能放過。

顧邵

顧邵在擔任章郡太守時，提倡辦學校，禁止濫祭鬼神。之後他下令逐個拆毀廟宇，到了要拆廬山廟時，全郡的人都加以勸阻，他依然一意孤行。

一天夜裡，顧邵聽到了大門被推開的聲音，正感到奇怪時，忽然一隻鬼出現在他面前，自稱是廬山君。顧邵請他上坐，同他談論起《春秋》，整整一夜，誰都不能把對方辯倒。

顧邵嘆服鬼的精細善辯，對鬼說：「《左傳》中記載的晉景公夢見的那個大厲鬼，看來古今都有。」鬼笑著回答說：「現在說大是有，厲害卻談不上。」後來燈油燒乾了，顧邵也不叫人去取，隨手把《左傳》撕下來燒著當燈點，鬼連連請求退去，顧邵卻一再挽留。這鬼本想侵害顧邵，見顧邵元氣旺盛，無法找機會下手，只好反過來謙卑地請求修復廬山廟，說得懇切周到，顧邵只是笑而不答。

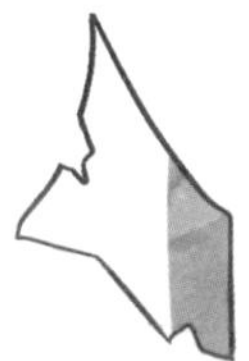

鬼後來怒氣沖沖地要走，回頭對顧邵說：「今晚我不能傷害你，三年之內，你的元氣必定衰竭，我會在那個時候再來報復。」顧邵好整以暇：「有什麼事要這樣匆忙呢？暫且再留下談談吧。」鬼就無影無蹤地消失了。顧邵再去查看大門和房門，都像原先那樣關閉著。

到了鬼所預言的日期，顧邵果然生了重病，常常夢見當年的鬼來追打自己，並且勸自己重修廬山廟。顧邵說：「邪惡豈能戰勝正義！」始終不接受鬼的要求。不久之後，顧邵就死去了。

邪惡豈能戰勝正義！但什麼是邪惡什麼是正義？這些只有勝利者才說了算。

替卑微的古代女性出頭

丁姑

淮南郡全椒縣有一個名叫丁姑的女子，本來是丹陽郡丁家的女兒，十六歲那年嫁給了全椒縣謝家。丁姑的婆婆嚴厲暴虐，命令她幹活都有定量，如果沒有達到就鞭棍齊下。最後丁姑終於受不了，在九月七日這一天上吊了。此後在民間就流傳一些關於她陰魂顯靈的事。

一日，丁姑穿著青白色的綢衣，戴著青藍色的頭巾，後面跟著一個婢女，在牛渚山下的渡口邊顯靈。這時，正好有兩個男子駕著船在江裡捕魚，丁姑就請求他們幫忙搭船過去。這兩個男子嬉皮笑臉，一起調戲她們，說：「給我們當老婆，就把你們送過江。」丁姑說：「我以為你們是正派人，卻一點也不懂得道理。如果你們是人，那就讓你們陷入泥裡死。是鬼，就讓你們在水中淹死。」說完，她們就退進了草叢中。

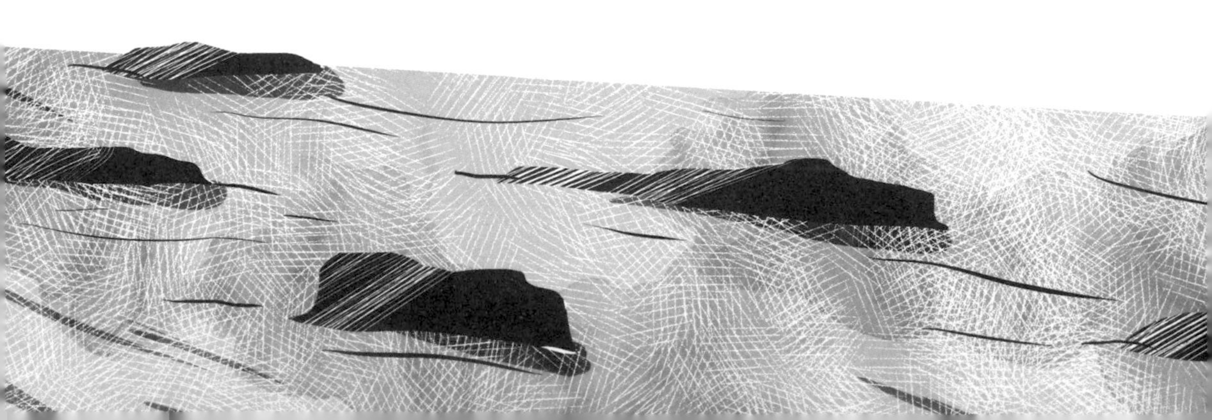

不一會兒，一個老翁載滿一船蘆葦經過，丁姑請求他幫忙渡過江去。老翁說：「船上沒有艙房，怎麼能讓你們露在外面過江？」丁姑說：「您不必擔心。」老翁就把一半左右的蘆葦騰了出去，在船中安排了坐位，送她們到另一頭。臨走的時候，丁姑告訴老翁說：「我是鬼神，不是人，承蒙你的厚意，騰出蘆葦幫助我們過渡，我非常感激。酬謝你的東西就在西岸，如果你到了西岸，便可以看見我的一點心意。」老翁說：「我唯恐照顧不周，怎敢蒙受你們的謝意呢！」

後來老翁的船駛向西邊，遠遠就看見兩個男子翻船在水中淹死了。又向前了幾里，看見有上千條的魚擱淺岸邊。老翁就放下蘆葦，帶著這千條的魚回去了。

丁姑也曾顯靈託話給巫祝說：「我很同情家庭婦女，她們終年勞動，非常疲倦。從今以後，讓她們在九月七日這一天不用做事。」後來婦女們在九月七日不用做事，都把它作為休息日。

古代婦女處在生活的底層，受人奴役輕賤，非常希望有自己的守護神。丁姑體恤婦女，懲惡揚善，實現古代婦女的願望。

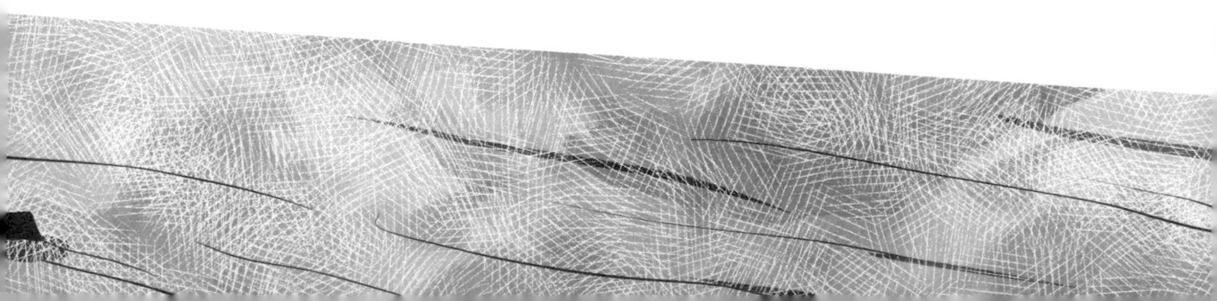

何組長連眉頭都不必皺，就知道此案並不單純

蘇娥

孫漢朝的時候，九江人何敞任交趾刺史。有一年，他到蒼梧郡高要縣視察吏治情況，夜晚住在鵠奔亭。

快到半夜的時候，忽然有一個女鬼從凌空出現，向何敞高聲申訴說：「小女本是蘇娥，本來住在廣信縣，是修里人。我從小就失去了父母，又沒有兄弟，嫁給了同縣姓施的人。我命苦，丈夫又早死了，家裡只有一百二十疋雜色絲綢和一個婢女。我孤苦貧困，瘦弱不堪，無法維持生活，想到鄰縣出售絲綢。我出了一萬二千租金，向同縣男子王伯租了一輛牛車。婢女執轡趕車，拉著我和絲綢，在前年四月十日，來到這個驛亭邊。當時天色已近傍晚，路上沒有行人，我們不敢再往前趕路，就停了下來。這時，致富的肚子突然痛了起來，我就到亭長家要了點開水和火種，亭長龔壽拿著兵器，來到牛車旁邊。他問我：『夫人從什麼地方來？車子裝的什麼東西？你丈夫在哪裡？為什麼一個人出門在外？』我回答說：『不敢煩勞你詢問這些事！』龔壽順手抓住我的臂膀說：『我喜歡漂亮的姑娘，想和你快樂快樂。』當時我很害怕，拒絕了他的要求。龔壽立即拔出刀來刺進我的脅下，一刀就把我殺死了。接著又殺了婢女。龔壽挖開這座亭樓的地面，把我們埋在一起，我在下面，婢女壓在我上面。就這樣，龔壽搶走了我的全部財物。他還殺牛燒車，把車釭和牛骨藏在驛亭東邊的枯井裡。我含冤而死，無邊的痛苦深深地感動了上天，但是，我無處伸冤，只好來到聖明的使君面前，傾訴我的冤仇。」

何敞說：「我可以幫忙挖出你的屍體，但是，你的屍體有什麼標記呢？」蘇娥說：「我全身穿白色的衣裳，腳上穿著青絲鞋，都還沒有腐爛。希望使君向我的家鄉查訪，把我的遺骨與我死去的丈夫合葬。」何敞派人發掘屍體，情況果然是這樣。他就奔馳回府，派出衙役逮捕龔壽。經過審訊，龔壽供認不諱。何敞又將這個案子下發到廣信縣查證，與蘇娥說的也完全相同。

此後，龔壽的父母兄弟，都被逮捕入獄。何敞在上奏龔壽案情的表章裡寫道：「按照法律，殺人之罪不至於誅殺全家，然而龔壽罪大惡極，又隱藏多年，王法自然不會寬大這種罪犯。特別是讓鬼神申訴冤情的事，更是千年來也沒有過的。我請求處決龔壽全家，以此來表明鬼神的靈驗，幫助陰司懲辦惡人。」上司批覆，同意何敞的判決。

生前慘遭殺害，死後陰魂告狀，連戲劇裡的狗血情節，其實早早始於古人的筆下，只是完全沒有科學證據，就可以斷定一家人的生死，只能說何組長鐵口直斷，好大的官威。

錯認人為鬼：一樁慘烈的誤殺案

秦巨伯

瑯琊人秦巨伯，六十歲，有一次喝醉了酒趕夜路，經過蓬山廟，忽然看見兩個孫子來迎接，攙扶著他走了一會兒，接著就抓住他的脖子把他按在地上，咒罵說：「老奴才，你那一天用棍棒打了我，我今天要你好看。」秦巨伯回想起來，那一天確實是用棍棒打了這兩個孫子。於是，秦巨伯假裝暈過去，兩個孫子就扔下他走了。

秦巨伯回到家裡，想要整治兩個孫子，兩個孫子連連跪下磕頭對祖父說：「我們萬不可能如此不孝？恐怕是鬼魅作怪，請您再去查證吧。」秦巨伯這才醒悟過來。過了幾天，秦巨伯假裝喝醉，到蓬山廟附近走動，果然又看見兩個孫子走來，他們照樣攙扶秦巨伯，秦巨伯一下子就抓住它們，動彈不得，現出鬼魅的原形。

這兩隻鬼被秦巨伯帶回家，秦巨伯把它們放在火上烤，烤到肚子和脊骨都焦裂開了，最後他以為鬼已經死了，就把鬼扔到院子裡。不料這兩隻鬼便趁夜色逃走，秦巨伯很遺憾不能把它們殺掉。

一個多月之後，秦巨伯又假裝喝醉去蓬山廟，他懷裡揣著刀子準備殺鬼。到了深夜，秦巨伯還沒有回家來，他的孫子怕他又被鬼魅纏住，便一起去找他，而這時秦巨伯以為孫子們是鬼，便拿出刀子刺向他們，將兩個孫兒都殺死。

秦巨伯殺心大起，一心想殺鬼，但最後誤殺的最大原因不是人鬼不分，而是他心中沒有一點仁慈。

孫氏

永嘉年間，黃門將張禹曾經從大沼澤地路過。當時天色陰暗，他忽然看見一戶人家的大門敞開，便向前走到廳堂裡。有個丫鬟出來問他有何貴事，張禹說：「我趕路遇雨，想在這裡借宿。」丫鬟回去報告，不一會就出來請張禹進去。

張禹進去後，看見一個婦人坐在帷幕中，年紀有三十來歲，身旁有兩個侍候的丫鬟，衣服都鮮豔華麗。婦人問張禹需要什麼，張禹說：「我自己有帶乾糧，只需要一些開水。」婦人便命丫鬟拿鐵鍋來。張禹就生火燒開水，雖然聽見開水沸騰的聲音，但用手一摸，水卻是涼的。

婦人說：「我是一個已經死去的人，墳墓裡沒有什麼東西供你使用，只能慚愧了。」又抽泣著告訴張禹說：「我本姓孫，是任城縣孫家的女兒，父親是中山郡太守。我嫁到頓丘李家，生了一男一女，男孩十一歲，女孩七歲。我死後，丈夫愛上了我原來的丫鬟承貴。現在我的孩子常常被承貴用棍棒毒打，頭和臉都被打傷了，為了這件事我悲痛得穿心徹骨，很想殺死承貴，但我無計可施，需要借助別人的力量。現在我想拜託你幫助我完成這件事情，我會重重報答你的。」

張禹回道：「我雖然很同情你說的這些，但人命關天，我不敢從命！」孫氏說：「哪裡是要你親手去殺她！只是想託你替我告訴李家，說出我對你講的這些事情。我的丈夫會懷念我們過去的情意，而承貴一定會要求祈禱消災。到時你就告訴他們，說自己會施降妖除怪的法術，我丈夫聽了一定會叫承貴親自到場敬神，我就趁這個機會殺掉她。」張禹答應了孫氏的要求。

天亮後，張禹從墓中出來，把孫氏說的一切告訴了李家。孫氏的丈夫很吃驚，說給承貴聽，承貴非常害怕，就向張禹求救。祈禱開始後，張禹看見孫氏從外邊進來，二十多個丫鬟跟在她後面，她們都拿著刀向承貴刺去，手起刀落，承貴馬上倒地死去了。

不久之後，張禹又經過這片沼澤地，孫氏派丫鬟送了五十匹雜色綢緞報答他。

西方童話裡有諸多虐待孩子的繼母，但東方母親顯然更有魄力，直接幫孩子殺掉後媽。

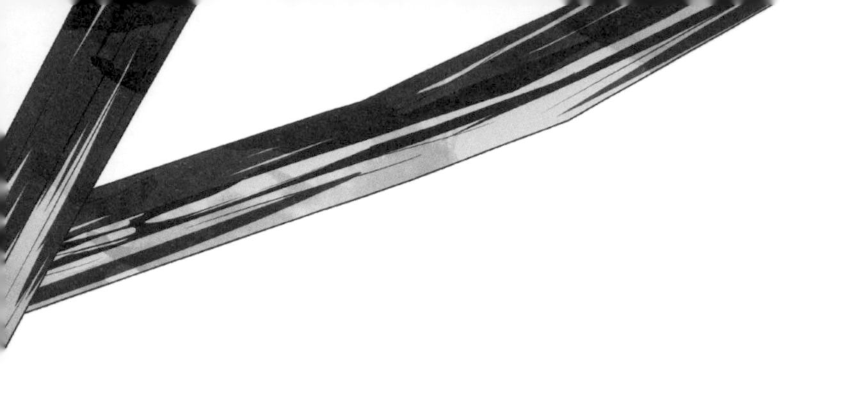

鐵臼

劉宋東海縣的徐某，原先娶許氏為妻，生下一個男孩，名叫鐵臼。後來徐氏死了，徐某又另外娶了一位陳氏。陳氏十分兇惡，一心想除掉鐵臼。後來她也生了一個男孩，她時常對孩子耳提面命：「你長大後如果不除掉鐵臼就不是我的兒子。」因而給小孩取個名字叫鐵杵，意思是要用杵搗毀鐵臼。

陳氏經常毆打鐵臼，對鐵臼使盡了各種虐待的方法，餓了不給飯吃，冷了不給棉衣。徐某生性愚昧懦弱，又經常不在家中，陳氏更肆無忌憚地對虐待鐵臼。後來鐵臼終於因為抵不住飢寒和毒打死去，死時只有十六歲。

鐵臼死後十多天，他的鬼魂回到家中，踏在陳氏的床鋪上說：「我就是鐵臼，我本來沒有一絲一毫的罪過，無端被折磨死了。我的母親把冤枉向上天起訴，我現在得到天上官府的公文前來捉拿鐵杵，我會讓鐵杵生重病，讓他受到與我相同的折磨。到了一定的時候再把他帶走，現在我就留在這裡等他死。」鬼魂說話的聲音同鐵臼活著的時候一模一樣。家人和客人們都看不見說話人的身影，卻聽得清清楚楚。鐵臼從這以後就一直在屋梁上住著。

陳氏下跪陪罪，自己打自己的耳光，並且用食物祭奠鐵臼鬼魂。但鐵臼鬼魂說：「用不著這樣做。不給飯吃直到讓我餓死，難道是一頓飯可以抵償的？」陳氏夜裡悄悄地和旁人談起，鐵臼鬼魂立刻大吼：「你還敢說三道四？現在就弄斷你家的屋梁！」家裡人便立即聽到了鋸木頭的聲音，木屑也隨聲落下；忽然「嘩啦」一聲巨響，就像屋樑當真要坍塌一樣。全家人跑到門外，點著蠟燭一照，房屋完好無損，與原來完全沒有兩樣。

鐵臼鬼魂又罵鐵杵說：「你媽把我殺了，你居然還敢屋子裡心安理得地坐著？我要放火燒你的房子。」屋裡馬上便有火燄燃燒起來，煙大火猛，嚇得裡裡外外的人躲的躲、逃的逃。一會兒大火自行熄滅，屋頂上的茅草都還是整整齊齊地覆蓋著，看不到一點燒壞的地方。

鐵臼鬼魂天天咒罵，有時還在屋裡唱著悲歌：「桃李花呵桃李花，無可奈何遭霜打！桃李子呵桃李子，嚴霜摧殘早早死！」聲音哀傷悲切，似乎是在傷心自己不能長大成人。

自從鐵臼的鬼魂來了以後，年僅六歲的鐵杵就開始發病，渾身疼痛，腹部腫脹，胃氣上升，妨礙飲食。鐵臼的鬼魂也多次毆打他，被打的地方出現青黑色的腫塊。過了一個多月，鐵杵死了，屋子裡就再也聽不到鐵臼的聲音了。

鬼魂以牙還牙，懲罰後母，殺死其子，灰姑娘的繼母繼姊該慶幸自己生在西方。

媽寶求職記

蔣濟

蔣濟擔任領軍將軍時，他的妻子夢見已經死去的兒子痛哭流涕地對她說：「人生前和死後太不一樣了！我活著的時候是達官貴人的後代，現在在陰間卻當上了泰山府的差役，遭受的困苦和屈辱，簡直不能夠再提。現今太廟裡的西席歌者孫阿馬上會被陰司召去擔任泰山府長官，希望母親把我的情況告訴父親，並請父親托付孫阿，讓孫阿調我到稱心如意的職位上去。」他的話剛說完，他母親就忽然驚醒了。

第二天，蔣濟的妻子把這件事告訴了蔣濟，蔣濟說：「只是做了這樣的夢罷了，沒有什麼值得大驚小怪的。」第二天夜裡，蔣濟的妻子又夢見了兒子，兒子說：「我來迎接新任長官，住在太廟裡，未出發之前，暫時回家。新長官明天中午應該起程，臨走時事情很多，我就不能再回來了，現在是來永別的。我父親稟性剛強，難以使他動心，所以向母親訴說，希望您再次跟父親講一講，父親為什麼不去試一試呢？」於是向母親介紹了孫阿的模樣，說得非常詳細周到。

天亮後，蔣濟的妻子又告訴蔣濟說：「昨天晚上又做了一個這樣的夢，雖說做夢不足為怪，但這確實是太巧了！你又為什麼不去驗證一下呢？」

蔣濟便派人到太廟打聽孫阿，果然找到了他。他的形狀特徵，完全像蔣濟的兒子所說的那樣。蔣濟哭著說：「差一點對不起我的兒子！」於是就接見孫阿，把這事全都說了出來。孫阿並不害怕馬上就要死去，反而為能當上泰山令而高興，只是怕蔣濟的話不確實。他對蔣濟說：「假如真像您說的那樣，這可真是我的願望。不知您的兒子想得到什麼官職？」蔣濟說；「請任選一種陰司裡的人喜歡幹的事給他。」孫阿說：「我會聽從您的教誨的。」蔣濟於是重賞了孫阿。說完話，蔣濟便讓孫阿回去了。

蔣濟想儘快知道這事是否靈驗，在從領軍府門至太廟的路上，每隔十步遠安排一個人，用來傳遞孫阿的消息。辰時，傳報孫阿心痛；巳時，傳報孫阿心痛加劇；正午，傳報孫阿死亡。蔣濟哭著說：「雖然我可憐的兒子不幸死去，但聊以自慰的是死者的精神不滅。」此後過了一個多月，兒子又回來托夢，告訴他母親說：「感謝母親大人，我已經被調去當錄事了。」

託夢給溺愛自己的母親，並請有地位的父親出面拉關係、謀職位，生是「媽寶」人，死是「媽寶」魂。

紫玉

吳王夫差的小女兒名叫紫玉，妙齡十八，容貌嬌美又有才華。紫玉非常喜歡一位名叫韓重的青年，韓重年方十九，卻已懂得治道之方。紫玉私下派人送書信給韓重，答應作他的妻子。韓重要到齊魯之間去學習，臨走前囑托他的父母，派人向吳王提親。吳王知道後並不願將女兒許配給他。紫玉因此抑鬱而死，埋葬在都城的閶門外。過了三年，韓重回鄉問起求婚的事，父母答說：「吳王大發雷霆，紫玉抑鬱而死，早已下葬。」

韓重悲痛萬分，準備了祭奠用的牲畜物品，到紫玉墓前弔唁。紫玉的魂魄從墳墓裡出來會見韓重，她哭著對韓重說：「三年前，你的父母向我父王提親，原以為能實現我們的願望，沒想到竟遭到這樣的命運，但又有什麼辦法呢！」她轉頭開始唱道：

南山有烏鵲，北山張網羅。
烏鵲已高飛，網羅奈他何！
我想許配嫁給你，蜚語流言實在多。
悲悶鬱結生疾病，喪命黃泉已死過。
命裡沒有好運氣，喊叫冤屈又如何！
鳥類有尊長，名字叫鳳凰。
一日失雄鳳，三年心悲傷。
鳥雀千千萬，難與再成雙。
我本少容顏，逢君增輝光。
身遠心貼近，怎能把你忘！

曲畢便痛哭流涕，抽噎不止。紫玉邀請韓重到墓裡去，韓重說：「死和生各有不同的道路，我害怕犯下罪過，不敢接受你的邀請。」紫玉說：「我也知道死和生各有不同的道路。然而今日一別，我倆永遠不會有見面的機會了。難道你是害怕我是鬼欲禍害你嗎？我是想真誠地奉獻給你，難道你還不相信嗎？」韓重被她的話感動了，就送她回到墳墓裡。

紫玉擺設酒席，與韓重盡情飲宴，他們像陽世間的夫婦般愉快地過了三天。臨走時，紫玉拿出直徑一寸的大明珠送給韓重，說：「既然我們的名聲被毀壞了，心願也無望，還有什麼可說呢！季節變化時，你要注意保重身體。如果到我家去，請向我父王問候。」

韓重出來之後就去拜見吳王，提起此事。吳王大怒：「我的女兒已經死了，你還製造謊言，玷污亡靈。你不過是掘墓盜物，假托鬼神騙人罷了。」吳王下令逮捕韓重。韓重逃脫後，到紫玉墓前訴說這件事。紫玉說：「莫要發愁，今日我就回家稟告父王。」當晚吳王正在梳妝，忽然看見紫玉出現，他悲喜萬分地問道：「你怎麼復活了？」紫玉跪下說：「從前韓重來提親，父王不允許，以致我的名聲敗壞，愁悶抑鬱而死。韓重從遠地回來，聽說我已經去世了，就帶著祭祀的牲畜物品到墓地去弔唁。我被他那至死不渝的深摯情義所感動，就和他見了面，因此送給了他一顆明珠。他沒有掘墓盜物，還望父王不要再追究此事了。」吳王的夫人聽到紫玉說話，趕過來想擁抱她，紫玉卻像煙一樣消失了。

紫玉與韓重的悲劇起於古代的婚姻制度，他們死生不渝的愛情反映了青年男女追求自由幸福的強烈渴望。

李仲文女

晉朝武都郡太守李仲文在任職期間死了女兒，女兒當時才十八歲，埋葬在郡城的北門外。不久，有一個叫張世之的人接替李仲文的職位。張世之的兒子，字子長，年紀二十歲，在官府中侍奉父親。

有天張子長夢見一個女子，年紀大約十、七八歲，長得非常美麗，女子說：「我是前任太守的女兒，不幸早夭，適逢今日有幸起死回生。我打從心底喜愛你，因此前來依隨在你身旁。」接連五、六個夜晚，張子長都作著同樣的夢。直到有天，女子忽然在白晝時到來，衣服飄香，異常漂亮。於是兩人結為夫妻，同房共寢之後，衣服沾有血污，就像新婚的姑娘一樣。

後來，李仲文派婢女去看望女兒的墳墓，並順便去拜候張世之的妻子。婢女到了官府，赫然看見自家小姐的一隻鞋子放在張子長的床下。她拿起鞋子哭喊著張子長盜墓。婢女拿鞋子給李仲文看，李仲文很是驚訝，派人去責問張世之：「你兒子從哪裡得到我死去女兒的鞋子？」張世之把張子長招來質問，張子長只好原原本本地講述事情的經過。李仲文與張世之都認為這件事太怪異了，於是他們派人把棺材打開來查驗，只見李仲文女兒的姿態容顏和生前一樣，右腳穿著鞋子，左腳的鞋子卻不見了。

隔天夜裡，子長夢見女子前來對他泣訴說：「我們夫妻的感情可說是非常和諧的，以至於忘掉了鞋子，致使事情敗露。如今我已經不能復活了，肌肉開始腐爛，再也不能生長。我們人鬼殊途，在此和你永別了。」接著便痛哭流涕地告別而去。

故事反映了當代無法自由婚戀的可悲，秘密進行尚能貪歡一時，一旦洩漏等同這生緣盡，了結多少段見不得光的愛情。

談生

談生已經四十歲了，還沒有娶妻。有一天半夜，一名年約十五、六歲的姑娘，姿態容貌和穿著打扮都非常漂亮，她來找談生要和他做夫妻，她說：「我跟一般人不一樣，不要用火光照我。三年之後，才可以照。」他們結為夫妻後，生了一個兒子，已經有兩歲了。

但是談生再也忍耐不住，趁妻子睡著以後，偷偷地點燈來照看她。發現她的腰部以上像常人一樣長著肉，腰部以下只有骨頭架。妻子被驚醒後對談生說：「你辜負了我！我快要復生了，為什麼就不能再等一年，而偏要用火來照我呢？」

談生向她賠禮道歉，眼淚不住地流。妻子說：「我們夫妻雖然將要永遠分離，但我捨不得我的兒子。你是一個窮得連自己都養不活的人，請你暫且隨我去，我有東西送給你。」談生跟著妻子走進一座華麗的廳堂，房屋的建築和屋內的陳設都不同一般。妻子把一件鑲珠的袍子給談生，說：「你可以用這來維持自己的生活。」說完就剪下一塊談生的衣襟，讓談生離開了。

後來談生拿著珠袍到集市上賣，睢陽王家的人把它買了下來，談生得到了上千萬的錢財。睢陽王認出這件珠袍，說：「這是我女兒的袍子，一定是有人掘了我女兒的墳墓。」於是把談生找來加以審問，談生便說出全部實情，但睢陽王仍然不信，就去察看女兒的墳墓。

墳墓和原先一樣完好無損；開棺再看，在棺蓋下邊找到了一塊談生的衣襟。睢陽王又把談生的兒子叫來，發現這孩子的相貌果真與自己的女兒相似，這才相信此事。睢陽王把珠袍還給談生，並認他作女婿。後來睢陽王向皇帝上表，請求讓談生的兒子擔任侍中的官職。

如何洞房？怎麼長肉？為什麼是三年？那些不是重點，女鬼的有情有義才是焦點。

你的新娘子，兄弟我負責！

馬仲叔

馬仲叔、王志都兩個人都來自遼東，交情非常深厚。馬仲叔先死，死後一年，忽然顯靈，對王志都說：「我不幸先死，心中時常惦記你。想到你還沒有妻子，應該幫助你娶親，預計在十一月二十日送人到你家，你只需要把房屋打掃乾淨，把床鋪好等待妻子到來就行了。」

到了當天，王志都掃地鋪床，天忽然颳起大風，大白天變得天昏地暗。傍晚風停了，王志都的臥房中忽然有紅色床帳自動張掛起來，掀開帳子朝裡看，有一位姑娘，美貌盛裝，躺在床上，她鼻子裡僅有一點微弱的氣息。

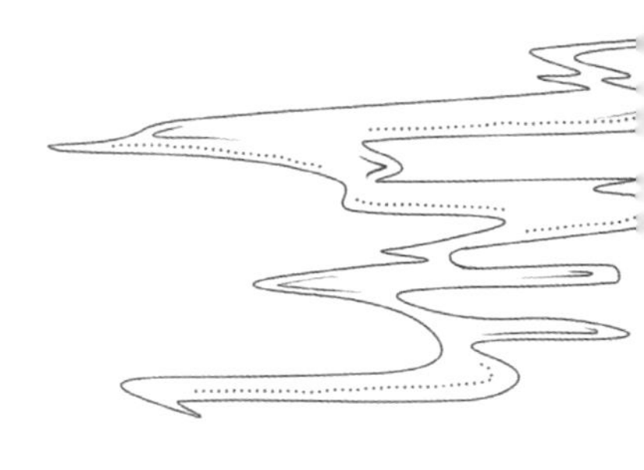

屋裡屋外的人又驚又怕，沒有一個敢靠近她，只有王志都能夠走到她面前。不一會這姑娘就醒過來，坐起身。王志都問：「你是誰？」姑娘說：「我是河南人，我父親是清河郡的太守，我正要出嫁的時候，不知是什麼原因，一下子來到了這裡。」王志都向她詳細地敘說了事情的經過。姑娘說：「這是老天爺讓我作你的妻子。」兩人便結成了夫婦。

他們婚後來到姑娘家中，姑娘家裡很喜歡，也認為這是天賜的姻緣，就正式把女兒許配給了王志都。他倆生下一個男孩，後來做了南郡太守。

好兄弟死後果然是好兄弟，兩肋插刀、義氣相挺，知道你還沒娶老婆，幫你挑好選好，還宅配到家。

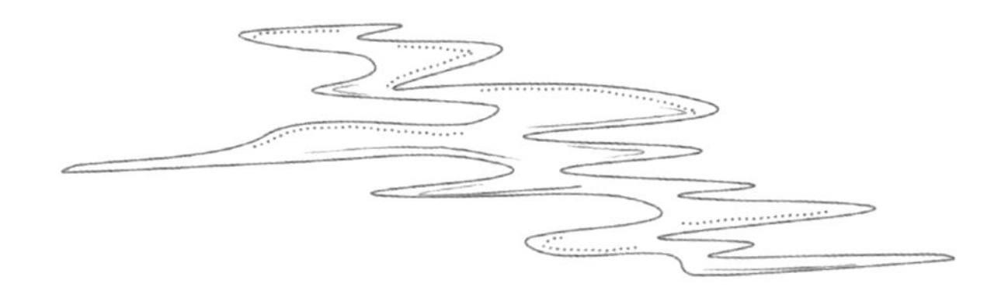

盧充

盧充是范陽人，他家西邊三十里，有一座崔少府的墳墓。盧充二十歲時，在冬至的前一天，出門到西邊去打獵。他看見了一頭獐子，舉弓就射，正好射中了。獐子倒下後又站起來逃跑，盧充隨即追趕，不知道追了多遠的路。他忽然發現路北一里多的地方，有一座高門大戶，四週都是青磚瓦屋，像是官府的房舍。

這時，他再也看不見獐子了。只聽到門裡有一個侍衛高聲喊：「客人到。」盧充問：「這是什麼人的府第」回答說：「這是少府的府第。」盧充說：「我衣裳破舊，怎能見少府？」立即有一個人提了一包新衣裳來，說：「少府把這些送給公子。」盧充隨即穿了衣裳，進去拜見少府，並自我介紹了姓名。

少府設宴接待盧充，上過幾道酒菜後，對盧充說：「令尊不認為我家門第低微，近來收到他的書信，說是要我的女兒和你成婚，所以把你請到這裡來。」說著就把書信拿出來給盧充看。父親去世的時候，盧充雖然還小，然而已經能認識父親的手跡了。因此，看信之後他只感慨嘆息了一番，也不再推辭這件事。少府立即吩咐裡面：「盧公子已經來了，快讓小姐好好地梳妝打扮。」並且對盧充說：「你可以到東廊裡去等一等。」

到了黃昏的時候，裡面說：「小姐已經梳妝打扮好了。」盧充來到東廊時，小姐已經下車，站在座位前，他們一起拜了婚禮。新婚三天，大宴賓客。三天後，崔少府對盧充說；「你可以回去了。我女兒像是懷孕了，如果是生了男孩，那就一定把他送還給你，你不要擔心；如果生了女孩，我就留下來把她養大。」於是，崔少府吩咐外面準備車子送客。盧充就辭別出來。崔少府就把他送到中門，拉著他的手痛哭流涕。

盧充出了門，看見一輛牛車，駕車的是一個奴僕。他還看見原來穿的衣裳和弓箭，仍舊在門外。沒有多久，崔少府派出一個人來，提著一包衣裳，告訴盧充說：「剛剛成親就要離別，那是很傷心的，現在再送你一套衣裳、一副被褥。」盧充上了車，車子閃電般地飛快離去，一會兒就到了家。家裡人見了他又悲又喜。家裡人仔細追問，這才知道崔少府是個已經死了的人而盧充進了他的墳墓，回想起來，真是又懊喪又害怕。

分別後的第四年，三月三日上巳節，盧充在水邊遊玩，忽然看見靠近岸邊的水裡有兩輛牛車，忽然沉下又忽然浮起，接著就靠近了堤岸，同盧充坐在一起的人都看見了。盧充去打開車的後門，看見崔少府的女兒和一個三歲的男孩一起坐在裡面。盧充看見他們心裡一喜，想要拉住她的手。崔少府的女兒舉手指著後面的那輛牛車說：「我父親要見你。」盧充立即前去拜見了崔少府，又轉去問候崔少府的女兒。她抱起兒子還給盧充，又給了盧充一個金碗，並贈詩一首說：

那明麗的靈芝般的資質，光彩照人多麼燦爛華美。
當鮮豔的姿容顯露之時，眾口稱讚都說卓異神奇。
誰料含苞鮮花未及怒放，盛夏時卻遭受霜打枯萎。
絢麗榮耀長久埋沒殞滅，人間世路永遠斷絕隔離。
沒悟透陰間人世的命運，才智非凡的人飄然而至。
相會短暫而離別又太急速，這命運全由那上天的神祇。
我拿什麼贈送給我的親人？這金碗可養孩兒長大成器。
我們恩愛夫妻從此永分別，真叫人寸寸斷腸摧裂肝脾。

盧充抱了兒子，接過碗和詩，忽然就看不見兩輛車子了。盧充帶著兒子回家，在座的人都說這孩子是鬼魅，大家離得遠遠地向他唾唾沫，他的形體依然是那樣。問他：「誰是你的父親？」他就一下子撲到盧充懷裡。起初，大家都感到奇怪，很厭惡他，等到傳看了那首詩以後，又都慨嘆陰間和人世之間的這種玄妙相通。

後來，盧充乘車到集市上去賣那只金碗。他故意抬高碗的價格，不打算很快賣出去，希望有認識那個金碗的人。忽然，有一個老年的女僕認出了金碗，回去告訴女主人說：「我在集市上看見一個人乘著車，賣崔家小姐墳墓中的金碗。」女主人就是崔家小姐的親姨媽。她叫兒子到集市上去看，果然跟那個女僕所說的一樣。

女主人的兒子登上盧充的車，介紹了自己的姓名。然後，他對盧充說：「從前，我姨媽嫁給了崔少府，生了個女兒，沒有出嫁就死了。我母親很可憐她，送了她一個金碗，放在她的棺材裡。請你講一下得到這個金碗的具體經過。」盧充把得到金碗的具體經過告訴了他。他也為此事悲傷哭泣。於是，他帶著金碗回去並把這件事告訴了母親。母親立即讓人到盧充家去，把小孩接來看看。親戚們也都來了。

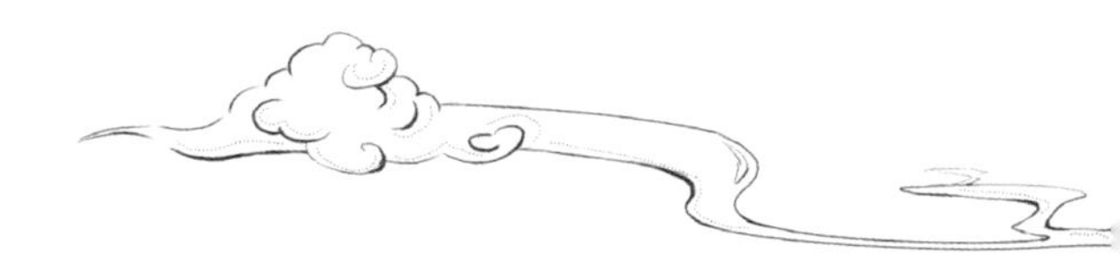

小孩有崔家人的模樣，又很像盧充的容貌。小孩和金碗都驗證了，女主人說：「我外甥是三月末出生的。她父親說：『春天是溫暖的，希望她吉祥強健。』就這樣，起了個名字叫溫休。」盧充的兒子後來成了傑出的人材，官做到了郡守，有二千石俸祿。子孫都做了官，世代相傳一直到現在。他的後代盧植，字子幹，更是天下聞名。

最強冥婚，緣分注定，不但直接送入洞房、生兒育女，最後子孫還可以當官發財、萬世流芳，鬼妻實在威力無窮。

＊冥婚：中國傳統裡，女性須透過婚姻關係才能夠得到祭祀，因此未婚的女子若是早逝，民間會有冥婚的習俗，為的是求其能得永生的祭祀。冥婚在先秦時就已經出現，稱為「嫁殤」，通常是喪家為夭折的孩子透過一定的方式尋找夭折的異性合葬，使他們結為「夫妻」。隨著時間，形成冥婚的習俗，甚至有專門為鬼說親的「鬼媒人」，還有焚燒給「陰間夫妻」享用的紙紮房屋家具。明清時代後還衍生成活人與死人結婚。至今在台灣民間仍然有冥婚儀式，大都為男的生人娶女性亡魂，俗稱「冥婚」、「娶神主」、「娶孤娘仔」。

呂思

國步山下有一座供行人住宿的驛亭，呂思與他年輕的妻子前往投宿，但一眨眼妻子卻突然不見了。呂思在山裡不斷尋找，突然看見了一座高大的城郭，城裡有官府辦公的廳堂，一個人戴著紗帽倚著小桌子坐在廳堂裡。

這人兩邊有許多侍者，這些侍者紛紛向前要毆打呂思，呂思用刀亂砍，殺死一百多人，剩下的才紛紛逃走，方才被殺的人全都變成死貓。再瞧這廳堂，原來是一座古代的大墳墓，墳墓的上方是通的，底下很明亮。

這時呂思看見一群藏在墓裡的姑娘，又看見失去知覺的妻子。他把妻子抱出墓道口，又進去把裡面的姑娘們一一抱了出來。姑娘一共有幾十個，其中有全身已經長毛的，也有腳上長了毛而臉變成狸貓。

不久天亮了，呂思扶著妻子回到驛亭內，亭長向呂思問起這件事，呂思據實以告。這一帶先後丟失女兒的人很多，貼出的尋人啟事就有幾十張，官吏把這些啟事收集起來到墓道口，迎接這群婦女，他們按照這些婦女家住的遠近前去報信，各家得信後都來這裡接人。

喜的是失蹤少女一一尋回，憂的是少女變成半人半貓，永久的Cosplay。

細腰

魏郡的張奮，家裡非常富有，後來突然衰落，便把住宅賣給了黎陽的程家。程家人搬進去居住，死的病的連續不斷，就把房子轉賣給鄴縣人何文。

何文聽說屋裡不吉利，就在天剛黑的時候，拿著刀爬到北邊廳堂的中梁上坐著等待。到了二更時分，他突然看見一個人，身長一丈開外，戴著高帽裝著黃衣，一上廳堂就大聲問：「細腰！屋裡怎麼有活人的氣味？」。細腰回答說：「沒有啊。」過了一會兒，有一個戴高帽裝青衣的人來到，接著，又有一個戴高帽穿白衣的人來到，都與剛才黃衣人與細腰的一樣問答。

等到天快亮的時候，何文便從梁上下來站在堂屋當中，按照先前聽到的方法向細腰問道：「穿黃衣的是誰？」細腰說：「那是黃金，藏在廳堂西面的牆壁下。」何文又問：「穿青衣的是誰？」細腰說：「那是銅錢，藏在廳堂前面的水井旁邊五步遠的地方。」何文再問：「穿白衣的是誰？」細腰說：「是白銀，藏在牆壁東北角的柱子下。」最後問：「你是誰？」回答說：「我是棒槌，在爐灶下邊。」到了天亮，何文挖出這些東西，得到黃金白銀各五百斤，錢一千多萬。於是把棒槌找出來燒掉，從此這所住宅便清靜安寧了。

錢多了，不只男人會作怪，錢本身也會作怪，值得貪財的人深思。

白天當書生，晚上兼差道士？

安陽亭伏魔

安陽城南有一座供來往旅客住宿的驛亭，可是晚上卻不能住人，否則就會出現住宿的人被殺的事情。有一天，一位諳熟術數的書生路過時要求在裡面住宿。管理驛亭的人說：「現在這裡不能住，先後在這裡住過的人，沒有一個能活著出來的。」書生說：「請不要擔心，我自有辦法。」於是他住進了房間，端端正正地坐著讀起書來，很晚才休息。

半夜以後，有一個人穿著黑色單衣，在門外走來走去，呼喊亭主。那人問：「現在屋裡有人嗎？」亭主回答說：「不久前一個書生，在這裡讀書。剛剛休息，似乎還沒有睡覺。」於是那人唉聲嘆氣地走了。過了一會兒，又來了一個人，戴著紅色的頭巾，呼喊亭主，他們一問一答，和前面的一樣。來人又是唉聲嘆氣地走了。

之後寂靜了好一陣子，書生知道沒有人再來了，立即起來到剛才呼喊的地方，模仿著來人呼喊亭主。書生問：「屋裡有人嗎？」亭主回答像前面一樣。接著，書生就問：「剛才穿著黑衣裳來的人是誰？」回答說：「是北邊房舍裡的母豬。」又問：「戴著紅色頭巾來的人是誰？」回答說：「是西邊房舍裡的老公雞。」最後，書生問亭主：「你又是誰呢？」回答說：「我是老蝎子。」於是，書生偷偷地換了一個地方，一直讀書到天亮，不敢入睡。

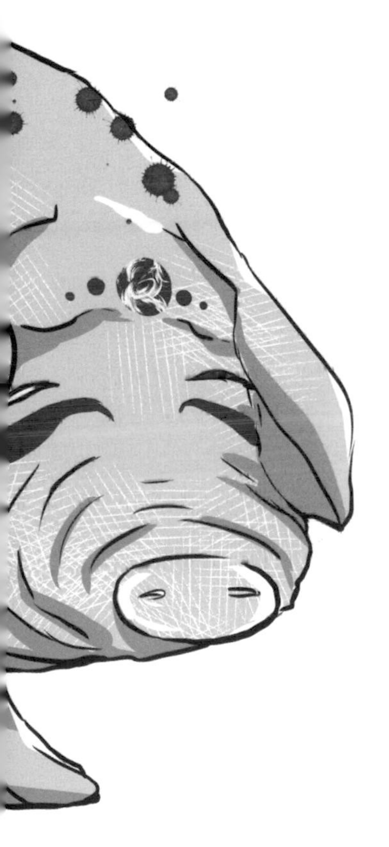

天亮了，管理驛亭的人前來查看，吃驚地說：「你怎麼能夠活下來？」書生說：「趕快找鐵鍬來，我替你們捉拿妖怪。」於是，挖掘昨夜亭主答應的地方，捉到一隻老蝎子，有琵琶那樣大，毒尾有幾尺長；又在西邊房舍捉住了老公雞，在北邊房舍捉住了老母豬。殺掉了這三個怪物後，這座驛亭再也沒有發生過妖災橫禍了。

書生冷靜膽大，怪物有問必答，集甯采臣與燕赤霞於一身，此案一夜偵破。

外國道人

太元十二年，有一個來自外國的道人能夠吞刀吐火，還能吐出珠玉和金銀。他自稱所拜的師父，是俗家人而非和尚。一次趕路的途中，他看見有一個人挑著擔子走來，擔子上有個小籠子，可以容納一升多東西，於是對擔夫說：「我走得疲乏極了，想寄附在你的擔子上。」

擔夫覺得非常奇怪，心想這人可能是瘋子，便對他說：「當然可以這樣，可是，你要在什麼地方安身呢？」道人回答說：「你如果允許，我正想到你這籠子裡去。」擔夫更加驚訝，說：「你能進入籠子，便是神仙了。」於是他放下擔子，道人就進到籠子裡，那籠子剛好裝他。奇怪的是，籠不顯得大，人不顯得小，挑起擔子來也不覺得比原先重。

走了幾十里路之後，擔夫在樹下歇息吃東西，他邀請道人一同進餐，道人說：「我自有東西吃。」留在籠中，不肯出來。只見籠中擺出很多杯盤碗盞，菜飯很豐盛並且都已經熟了，道人還請挑擔人來吃。還沒吃到一半，道人對挑擔人說：「我要和妻子一道吃。」馬上又從口中吐出一個婦人，年紀大約二十來歲，衣服和容貌都很美麗，兩人便一起吃飯。快要吃完的時候，婦人的丈夫就躺下睡了。

婦人對擔夫說：「我有一個情夫，要來與我一起吃飯；我丈夫醒來以後，請你不要告訴他。」說完，她就從口中吐出一個年輕的男子，兩人一起吃喝。籠子裡這時就有三個人，寬窄也剛剛合適，與一人在籠中沒有兩樣。過了一會兒，道人動起來，貌似要甦醒了，婦人就把情夫吞進了口中。道人醒來後對擔夫說：「可以走了。」說完，就把婦人吞進口內，再把飲食器皿吞了下去。

道人到了城裡以後，聽說有一戶人家有數以億萬計的錢財，非常富有，但他生性吝嗇，不肯為別人做一點好事。道人對擔夫說：「我把這守財奴的錢罐打破給你看看。」於是他來到了富人家中。這家有一匹好馬，富人非常珍愛，馬原本繫在柱子下，忽然間就不見了，家裡的人到處尋找，卻不知道馬在什麼地方。

隔天發現馬在一個五斗大的罈子裡，但始終不能把罈子打破，也不知有什麼別的辦法能把馬弄出來。道人便去對富人說：「你做出給一百個人吃的飯，用來接濟這一帶缺少衣食的人，馬就能夠出來了。」主人只好做飯，飯一做好，馬就回到柱子下了。

在隔天的早晨，富人的老父母本來在廳堂裡，突然又不見了。全家人又驚又怕，不知道他們到哪裡去了。打開梳妝盒，忽然看見兩位老人家被裝在化妝品的壺中，誰也不知道該怎麼放他們出來。富人又去請求道人幫忙，道人說：「你再做一千個人吃的飲食，送給沒飯吃的老百姓，你的父母才能夠出來。」富人做完飯，他的父母已經坐在床榻上了。

文中的道人能變大變小，肚子空間媲美百寶袋，更幫助弱小、濟弱扶貧，根本古典版的哆啦 A 夢。

龍泉精舍

晉代潯陽郡的廬山西面有一座龍泉精舍，是由慧遠和尚建立的。據說，慧遠剛到南方的時候，特別喜愛廬山山岳的美好，想在這裡修建寺廟，但不知道該把方位定在哪裡。他派徒弟們沿山察看，大伙走累了便匯集到現在的廟址休息。

當時，和尚們都感到口渴，他們一起祈禱說：「假若這裡適合建廟，希望天神顯靈，讓地下馬上出現一清泉。」說完就用手杖挖地，清冽的泉水立即噴湧而出。他們把泉水蓄作池塘，在池塘後面修建起寺廟。

有一年天下大旱，慧遠率領眾僧念海龍王經，為老百姓求雨。經文還沒念完，泉眼便冒出一個形狀像一條大蛇的生物，衝向高空飛走了。一時之間，四面八方普降大雨，山上山下都受到甘露的滋潤。因為泉裡有龍，所以稱這座寺廟為「龍泉精舍」。

「山不在高，有仙則名；水不在深，有龍則靈」，龍泉精舍可說兩者皆具備，才會有今日的盛名。

湖底城：來自靈蛇的復仇傳說！

邛都大蛇

邛都縣裡，有一個老太婆貧困而孤獨，縣裡的人也都嫌棄她。老太婆每次吃東西的時候，總有一條頭上長著角的小蛇出現在床下，老太婆出於憐憫而給牠東西吃。後來這條小蛇逐漸長大，竟有一丈多長。

大蛇後來吞了縣官的一匹駿馬，縣官因此大發雷霆，責令老太婆把蛇交出來。老太婆說：「蛇在床下。」縣官立即派人挖掘，越挖越深洞越大，結果什麼也沒有看到。縣官遷怒，竟殺死了老太婆。大蛇暗自發誓：「兇狠殘暴的縣官，為什麼殺害我母親？我一定要為母親報仇。」

此後四十多天，每天夜裡居民們總是聽到既像是雷聲又像風聲的聲音。一日老百姓見面時，都吃驚地互相問說：「你頭上怎麼忽然長出魚來？」當天晚上，周圍四十里地與縣城同時下陷，成了一個湖，唯有老太婆的房子安然無恙，而縣官居民全然失蹤。

後來遷至岸邊的人把這湖叫作「陷湖」，漁民們採集補撈，依傍著老太婆的房子停泊住宿，每逢風浪興起，總會停靠在房子旁邊，因為只有這裡無風無浪，沒有任何危險。當風平浪靜、水清如鏡的時候，還能看見湖水之下城郭樓臺的清晰輪廓。

靈蛇復仇，地陷成湖，即便是地理傳說也反映了官吏無仁的一面。

章苟

吳興郡有一個叫章苟的人，五月間在田裡耕種，把準備好的晚飯放在菰葉下，每到晚上拿出來吃的時候，飯卻不見了。像這樣的事已不是一次了。後來，他暗暗地偵察，發現一條大蛇偷吃菰葉下的飯食。

章苟就用鋤頭砍擊大蛇，大蛇迅速逃跑。章苟在後面緊緊追趕，追到一個山坡，上面有個洞穴，大蛇就逃進洞穴裡去了。只聽到啼哭的聲音說：「他砍傷了我。」接著又聽到說：「該怎麼辦呢？」又一個聲音回答說：「交給雷神，讓他劈死那個傢伙。」不一會兒，天昏地暗，濃雲暴雨滾滾而來，籠罩在章苟的上空。

章苟忍不住跳起腳來大罵：「臭雷神！我貧困窮苦，全力以赴辛勤耕作！大蛇來偷吃我的飲食，罪過應當在大蛇，為什麼反而來轟擊我呢？真是愚蠢無知！你如果來了，我一定要用鋤頭砍破你的肚子。」不一會兒，雲雨漸漸地散開了，雷神轉調雷電向蛇洞轟擊。結果，被轟擊而死的蛇有幾十條。

吼神的魄力不是人人有，章苟實在非常勇猛，勇的是砍蛇追蛇，猛在據理力爭。而落井下石的蛇，果然惡有惡報，時候立刻就到。

隋侯珠

隋縣溠水河邊，有一個「斷蛇丘」。相傳有一次，隋侯外出遊玩，看見一條大蛇受了重傷，從中間斷開了。隋侯差人用藥把大蛇的傷口封合起來，蛇就能夠行走了。因此人們把這個地方叫做「斷蛇丘」。

過了一年多，這條大蛇銜了一顆明珠送給隋侯。這顆明珠直徑有一寸多，通體純白，夜晚會發出亮光，好像月亮照耀一般，能夠用來照亮房間，因此把它叫做「隋侯珠」，也叫「靈蛇珠」，又叫做「明月珠」。

人蛇銜明珠餽贈，白素貞化身美人相許，結論是：見蛇就救。

見怪不怪，其怪自敗

怪鼠

正始年間，中山人王周南擔任襄邑縣縣官，有一隻老鼠穿著紅衣、戴著帽子從洞裡出來，在廳堂上對王周南說：「周南，你某月某日應該死。」王周南不搭理牠，老鼠便回到了洞中。

後來到了所說的日期，這隻老鼠又出來對周南說：「周南，你正午應該死。」王周南仍然不理睬，老鼠只好垂頭喪氣地回到洞中。過了一會，老鼠跑出來威脅說：「太陽就要當頂了！」老鼠進去又出來，出來又進去，來回跑了多次，說的話也與先前相同。

等到太陽在天空正中時，老鼠說：「周南，你不理我，我還有什麼好說的呢？」說完老鼠就倒在地上死去，而它戴的帽子和穿的衣服，也立即消失，王周男讓士兵撿起屍體一看，發現與平常老鼠並無二致。

心中有鬼，見什麼都是鬼；心中空白，看什麼都空白，這種不理不睬的「無視」是最大的殺手鐧，因為在這樣「無視」中，包含著不被嚇倒、不受迷惑、不屑一顧的鎮定與自信。

蝴蟻報恩

董昭之

東吳時，富陽縣的董昭之有一次乘船過錢塘江，在江心看見了一隻螞蟻爬在一根短蘆草上，兩頭來回奔馳，非常恐慌。董昭之想把螞蟻撈起來放在船上。船上的人罵了起來：「這是會螫人的毒物，不能搭救牠，要踩死牠。」董昭之憐惜這隻螞蟻，就用繩子把蘆葦栓了上來放在船上。等船靠岸，螞蟻也就脫離了險境。

當天夜裡，董昭之夢見一個人穿著黑色衣服，率領著一百多隨從前來感謝他說：「我是蟻王，不小心掉進了江裡，感激你救活了我。先生今後如果有急難，可以告訴我。」

過了十多年，董家附近發生了搶劫案，董昭之被冤枉成搶劫首犯，被關押在餘杭縣的監獄裡。董昭之忽然想起來：「蟻王曾給我托夢，有了急難應當告訴牠。現在我到哪裡去告訴牠呢？」正在煩惱之際，一起被囚禁的人問他，董昭之就把事情始末如實相告。那人說：「只要拿兩、三隻螞蟻放在手掌中，告訴牠們就行了。」董昭之按照那人說的去做。

夜裡，他夢見蟻王說：「要趕快投奔到餘杭山裡去，天下已經大亂，但不久赦免的命令就會下來了。」董昭之就醒過來了，發現螞蟻已經把刑具咬斷了，他趕緊逃出監獄，投奔餘杭山去了。不久之後，果真碰上大赦，董昭之最後避免了災禍。

董昭之的一念之仁，換來他的善終，好事多做，怎麼知道幫助的人將來飛黃騰達？大有來頭？

中國版忠犬小八

楊生狗

東晉廢帝太和年間，廣陵郡人楊生養了一條狗。他非常喜歡這條狗，和牠形影不離，總在一起。有次楊生喝醉酒，走到一個大沼澤地的草叢中，醉倒在地上。當時正值冬月火燒原野，風勢非常猛烈。狗急得不停吠叫，但是楊生仍然沉醉不醒。正好前面有一坑水窪，狗就泡進水裡，又跑回來，把身上的水灑在楊生周圍的草上。這樣來回跑了多次，把楊生周圍一步遠的距離內的草都打濕了，因此火燒來時楊生才沒有被燒死。楊生酒醒之後，才知道剛才發生的事情。

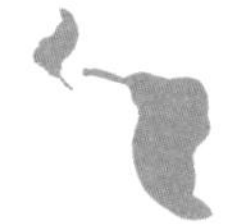

又有一次，楊生因為夜晚走路，掉進了枯井裡，這條狗呻吟了一整夜。天亮後，有人路過那裡，看到這條狗向井裡號叫，感到很奇怪，走近一看，才發現受困的楊生。楊生說：「你如果能救我出去，我一定要重重地報答你。」路人說：「把這條狗送給我，就一定救你出來。」楊生說：「這條狗曾經從死亡中救了我的命，實在不能送給你。除此之外，任何東西我都毫不吝惜。」路人說：「如果是這樣，就不救你出來。」這時，狗就低下頭望著楊生，楊生領會了狗的意思，就對路人說：「把狗送給你。」路人立即救出了楊生，帶著狗走了。五天後，這條狗就自己跑回來了。

相對狗的忠誠無私，人的不義私心，連狗也不如。

有著飛毛腿的狗郵差

黃耳

陸機家在吳郡是豪門大族，他年輕的時候很喜歡遊覽射獵，門客曾獻給他一隻能跑得很快的狗，名叫「黃耳」。陸機後來到洛陽做官，經常隨身帶著牠。黃耳很機靈，能聽懂人說的話。陸機曾經把牠借給別人帶到三百里以外的地方，結果黃耳認識道路，自己跑了回來，只用一天時間便到了家中。

陸機寄居在京城，很長時間沒有得到家中的音訊，就開玩笑地對狗說：「我家中斷了來信，你能夠帶著我的書信跑回去取消息嗎？」黃耳歡喜地搖動尾巴，叫著答應。陸機抱著試試看的心情寫好書信，裝在竹筒裡，再把竹筒繫在黃耳的頸子上。

黃耳從傳送公文的大路出發，向吳郡飛快地奔跑，餓了就到草叢中抓一些小動物吃。每遇到大河時，就挨近擺渡人的身邊貼耳搖尾，擺渡人喜愛牠，就叫牠上船。船剛剛靠攏對岸，黃耳便立即跳了上去，像飛一樣疾速跑掉。

黃耳一跑到陸機家中，口裡銜著竹筒向家中的人示意。陸機的家人打開竹筒取出書信，看完，黃耳又對著人叫喚，好像有什麼請求。家人寫了回信，把信放進竹筒裡，把竹筒重新繫在黃耳的頸子上。黃耳得到回信後，照原路奔回洛陽。計算從洛陽到吳郡的路程，人走一趟得五十天，而黃耳來回僅僅用了半個月。

後來黃耳死了，陸機用衣服棺木裝殮了牠，並派人送回原籍，埋在陸機所住村莊的南面，把土堆得很高做成墳墓，離陸機家僅兩百步遠，村裡人稱為「黃塚」。

宛若《哈利波特》裡的貓頭鷹，黃耳的靈性、忠誠和速度飛快，已是難以解釋的一則通訊界傳說。

八哥

東晉司空桓豁鎮守荊州時，他的衙門中有一個參軍剪掉了一隻八哥的舌尖，並訓練牠說人話，漸漸這八哥學會人話，還可以與人交談。八哥見參軍的琵琶彈得好，就常常站著傾聽。八哥還善於模仿別人的聲音和用語。有一次，桓豁召集許多下屬官員聚會，讓八哥學在座的人說話，八哥仿效得惟妙惟肖。有個人鼻塞，說話很難學像，八哥就把頭鑽進罈子裡再說話，聲音也一模一樣。

桓豁家裡的管事人當著八哥的面偷東西，八哥偷偷地向參軍告發管事人偷了些什麼東西，參軍當時記在心中而沒有發作。後來管事人再次偷牛肉，八哥又來報告，參軍說：「你說他偷肉，應該拿出證據來。」八哥說：「他用新鮮的荷葉包著牛肉放在屏風後邊。」參軍一看，果然找到了牛肉，於是狠狠地處罰了管事人。

管事人痛恨八哥，便用開水把牠灌死。參軍為八哥的死傷心了好多天，便請求殺掉這個人，借以報仇。桓豁開導參軍說：「想到殺死八哥的仇恨，確實覺得應該將這人處死，但是不能因為一隻鳥的緣故，就對他用極刑。」遂下令讓殺死八哥的人服了五年徒刑。

八哥學會人話，但沒學會人性，說了真話，惹上殺身之禍。

奇人異士

看醫殺狗救人

華佗

沛國名醫華佗，字元化，又名敷。瑯琊人劉勛任河內太守，他有一個女兒年近二十，她的左膝蓋裡長了一個瘡，很癢，但不痛。這瘡治好後，過了幾十天又復發。就這樣反反覆覆已有七、八年了。

劉勛請來華佗為女兒治療，華佗說：「這個瘡容易治好。」然後叫人準備一條稻糠色的黃狗、兩匹好馬，他用繩子栓住狗的頸子，讓奔馳的馬牽著狗跑，一匹馬跑不動了，就立即換另一匹馬跑。

馬大約奔跑了三十多里，狗就走不動了。華佗又叫人把狗拖走，走了將近五十里。這時，華佗給劉勛的女兒喝藥。服藥後，她立即安靜地熟睡過去，不省人事。於是，華佗拿起大刀，割斷了黃狗靠近後腿前面的腹部。他把割斷的狗腹正對著瘡口，放在離瘡口兩、三寸遠的地方。一會兒，就有一條像蛇的東西從瘡裡鑽出來，華佗立即用鐵錐橫插進蛇頭。怪蛇在皮膚裡面掙扎了很長一段時間，等牠不動之後才把牠拉出來，長度約有三尺多，確實是條蛇，不過只有眼眶，沒有眼珠子，又倒長著鱗片。最後，華佗把藥敷在瘡口上，過了七天就治好了。

華佗醫術高超，醫術出神入化，不由得讓他的行醫過程多了些怪力亂神的想像。看來華佗不僅可以治病醫人，抓蛇殺狗的技術也是一絕。

賈逵

賈逵五歲的時候，聰明才智勝過一般的人。他姐姐是韓瑤的妻子，嫁給韓瑤後沒有生孩子，所以回到娘家居住，她貞節賢明，受到人們稱道。她聽見鄰居有人天天大聲讀書，就早晚抱著賈逵隔著籬笆去聽。賈逵一聲不響專心聽著，姐姐心裡十分高興。

到了十歲的時候，賈逵就能熟背六部儒家經典。姐姐問他說：「我們家很窮，從來沒有教書先生進門，你怎麼知道天下有這些古籍並且能把它背得一句不漏呢？」賈逵說：「記得從前你抱著我在籬笆旁聽鄰居讀書，直到現在，我全部都記得，連萬分之一的錯漏也不會有。」於是賈逵把院子裡的桑樹皮剝下來當紙，或者把字寫在門板或牆壁上，一邊朗讀一邊記憶。過了一年，賈逵弄通了所有的經文。常常有一些人到他的家鄉來看他，都說自古以來沒有人可和他相比。

他的學生前來學習，往往跋涉萬里也不覺得遠，有的甚至揹著兒子或孫子，住在他家附近求教。賈逵把六經一一口授給他們。學生們送給賈逵的糧食堆滿了他家的糧倉。有人說：「賈逵的糧食，不是用力氣耕田得來的，他讀經書讀得口乾舌燥，正如世人所說的那樣，他是靠舌頭來耕種的。」

文人口頭教授稱為舌耕，從事文字工作稱為筆耕，無論文字、話語，都如同耕田種地一樣，皆可有所收獲。

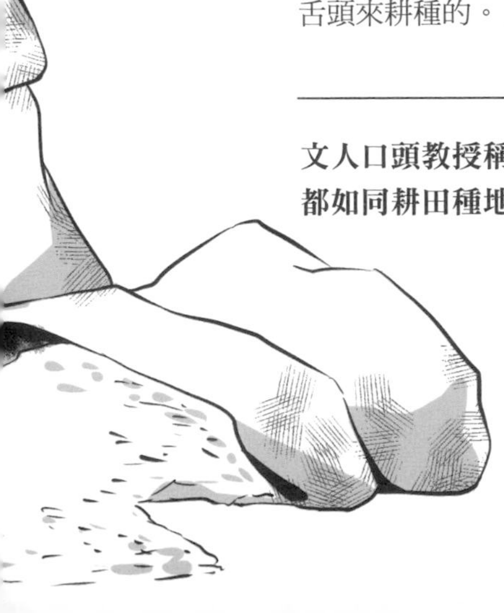

趙夫人

吳主孫權的夫人姓趙，是丞相趙達的妹妹。她擅長繪畫，畫成的作品精巧美妙，冠絕一時。她能用手把彩色絲線織成具有雲霞和龍蛇圖案的絲織品，大的有一尺多長，小的才一寸見方，王宮裡的人把它稱為「織機上的絕品」。

當時孫權經常嘆息魏、蜀兩國沒被平定，每到戰爭空隙，總想要找到一個會畫畫的人把山河的形貌和軍隊的陣勢畫出來。趙達這時便把自己的妹妹獻給了孫權。孫權令趙夫人繪製天下江湖山嶽的圖形，她回答說：「顏料的色彩，很容易退掉，不能夠長期保存。我會刺繡，可以把各國都繡在正方形的綢緞上面，還可以繡出五嶽、河海、城鎮和軍隊陣勢的圖形。」繡成之後，她便把錦圖獻給了孫權，當時的人稱為「針尖上的絕品」。即使刺尖雕成的木猴、魯班製造的雲梯、墨子設計的木鳶這些奇巧之物，也都比不上這幅刺繡的華麗。

孫權住在昭陽宮，天氣熱得睡不著，便把紫色絲帳撩了起來。趙夫人說：「這樣的帳子並不珍貴。」孫權要她進一步說明，她說：「我想做到讓帳子放下來而涼風仍然能夠進到裡面去，使帳裡的人看帳外沒有障礙，使在床邊侍候的人在幔帳的飄拂中感到涼爽，像乘風飛行一樣。」孫權為這種想法叫好。於是趙夫人把髮絲分成細縷，用神膠粘連起來——這種神膠出產於鬱夷國，可以用它黏接被拉斷的弓弩弦，哪怕斷頭再多也能接上。接著再把這些長絲織成輕紗，花了幾個月才織好，然後才將輕紗裁成幔帳。幔帳一掛起來便隨風飄搖，像裊裊輕煙，房間裡有了它頓時感到涼爽。那時孫權經常要行軍打仗，總是把這床帳子帶在身邊，當作軍用帷幕。這床帳子張開以後長寬各有一丈，捲起來可以塞進枕頭之中，當時的人稱它為「絲線中的絕品」。

這樣一來，吳國便有了三樣絕品，普天之下再也沒有什麼東西可以與它們的巧妙相比。後來有人向孫權獻媚取寵，說趙夫人迷惑君王，炫耀自己，趙夫人因此遭到貶斥。趙夫人雖然遭到猜疑和廢黜，但她製作的工藝品仍然保存在吳國。吳國滅亡後，「三絕」也不知所蹤。

古代女子的女紅，往往就是她的事業，如此而言，趙夫人堪比現代的女強人。

我的排場，凡人無法擋

薛靈芸

魏文帝寵愛的美人叫薛靈芸，原是常山郡人。她的父親叫薛鄴，擔任酇鄉亭長。她的母親陳氏，跟隨薛鄴居住在酇鄉的鄉亭旁邊。薛家的家境貧困，地位低賤，每到夜間，鄰家婦女常常聚集到她們家中織麻布，只能燒麻蒿照明。薛靈芸長到十五歲，容貌美得世上無人可比。鄰近的青少年會在夜間跑來，想偷看她，但始終沒能看到。

咸熙元年，谷習出任常山郡太守，聽說酇鄉亭長有個漂亮的女兒但家境很貧窮，當時魏文帝正要在民間挑選美女進宮，谷習就把價值千金的珍貴財物送到薛家作聘禮，聘得薛靈芸之後，便將她獻給了魏文帝。

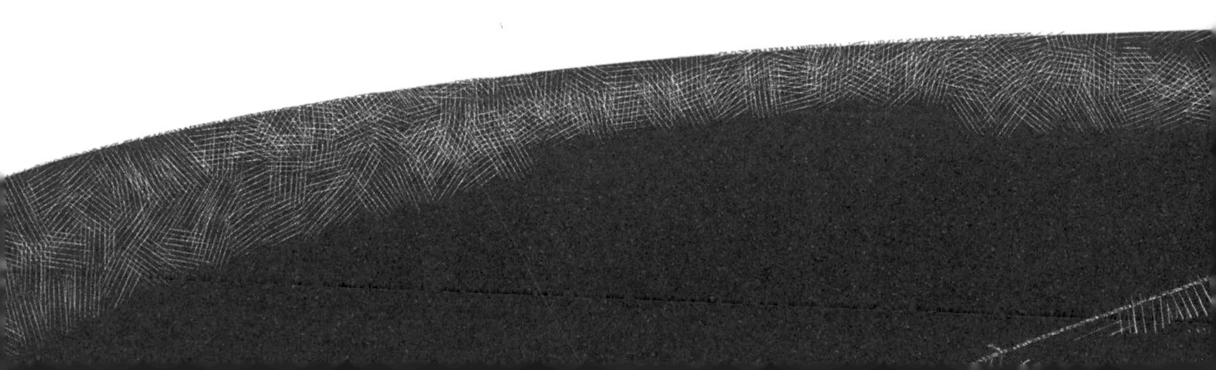

薛靈芸聽說要與父母分離，連日哭泣嘆息，眼淚流下來把衣襟都打濕了。到了登車上路的時候，她用玉製的唾壺接淚，白玉壺裡便呈現出紅色。從常山出發直到抵達京城，玉壺中的淚水凝成了血塊。

魏文帝用十輛彩車迎接薛靈芸，彩車的輪輞上雕花鑲金，車轂上塗著紅漆，車軛前用各種珍寶組成彩龍彩鳳，龍和鳳的口中銜著百子鈴，鈴聲清脆悅耳，在原野裡迴盪。彩車用青色快牛駕駛，這種牛可以日行三百里，是屍屠國進獻的，牠的獸足像馬的蹄子一樣。道路的旁邊焚燒著石葉香，這香一層層地重疊著，形狀像雲母，它的光亮和氣味可以消除厲害的疾病，是腹題國進獻的。薛靈芸的車距京城還有數十里，前來迎接的燈籠火把便連成一線，車輛和人群阻塞了道路，揚起的灰塵遮星蔽月，當時的人們稱這個夜晚為「塵宵」。

又用泥土築成高臺，臺基高三十丈，臺下點起一排排蠟燭，稱為「燭臺」。遠望燭臺下的燭光，彷彿是天上的星星落到了地面。又在大路旁，每隔一里樹起一個銅表，銅表高五尺，用它可以計算薛靈芸的行程。因此，過路人在歌中唱道：「青槐夾道栽，道上起塵埃。龍樓和鳳閣，高聳雲天外。清風飄細雨，送得暗香來。金在土之上，火光照土臺。」最後兩句是不祥的預言。在路旁立銅表記里數，表示金在土上；把點著的蠟燭放在土臺下邊，則象徵火在土下。漢朝以火德稱王，曹魏以土德稱王，土可以剋火，所以火德衰敗而土德振興；現在土在下，金在上，預示曹魏將滅，而晉朝將興。

薛靈芸距京城十里遠的時候，魏文帝乘坐以白玉為飾的御車出迎，當他看到車如流水人如潮的盛況，感慨地說：「古人說神女降臨，早來像布雲，暮來像降雨。而我現在恍恍惚惚，連是雲是雨，是早是晚都分不清楚了。」魏文帝把薛靈芸的名字改為「夜來」。夜來進宮後一直受寵愛。外國進貢裝飾著火珠龍鸞的髮釵，魏文帝說：「明珠翡翠的重量，她都承受不起，何況龍鸞金釵這樣的重東西？」於是下令不讓送來。

夜來擅長做針線活，即使在幾重帷幕之中，不用燈燭照明，她也能快速裁剪布料、縫紉。不是夜來做的衣服，魏文帝就不肯穿。爾後，皇宮裡的人把夜來稱為「針神」。

一入侯門深似海，薛靈芸離家進宮時流淚成血，暗諷皇帝的選美活動給民間帶來的骨肉分離的痛苦，一如《紅樓夢》裡的元春省親，華美豪奢的場面其實建築在多少泣血心酸之上。

以色事他人，能得幾時好？

翔風

石崇十分寵愛一名丫鬟名叫翔風，她是曹魏末年從胡人中挑選來的，當時剛滿十歲，石崇讓人把她送到家中教養。到了十五歲那年，府中沒人比得上她的容貌。翔風善於分辨美玉的聲音，能區別黃金的成色。石家的財富可以同皇帝相比，石崇也是當時世上最驕橫奢侈的人，家中所有的珍寶都是從遙遠的外國弄來的，沒有人知道它們的出產地，石崇便讓翔風通過聲音和顏色來加以辨別，翔風把它們是從什麼地方來的全都理得一清二楚。

翔風說：「西方和北方的玉，聲音低沉渾厚，質地溫和澤潤，佩戴著它，可以使人心平氣和；東方和南風的玉，聲音悠揚純正，質地晶瑩冰涼，佩戴著它，可以使人精神清爽。」

石崇的婢妾，光是容貌美麗的就有幾千人，翔風由於能說會道，博得了石崇的喜愛。石崇曾對翔風說：「我死的時候，要指著天上的日頭請它作證，讓你為我陪葬。」翔風回答說：「活著的時候你歡我愛，一死就各分東西，既然這樣還不如不愛。我能作為你的殉葬品，我有哪一點不值得！」這樣一來，翔風便更加受石崇寵愛。

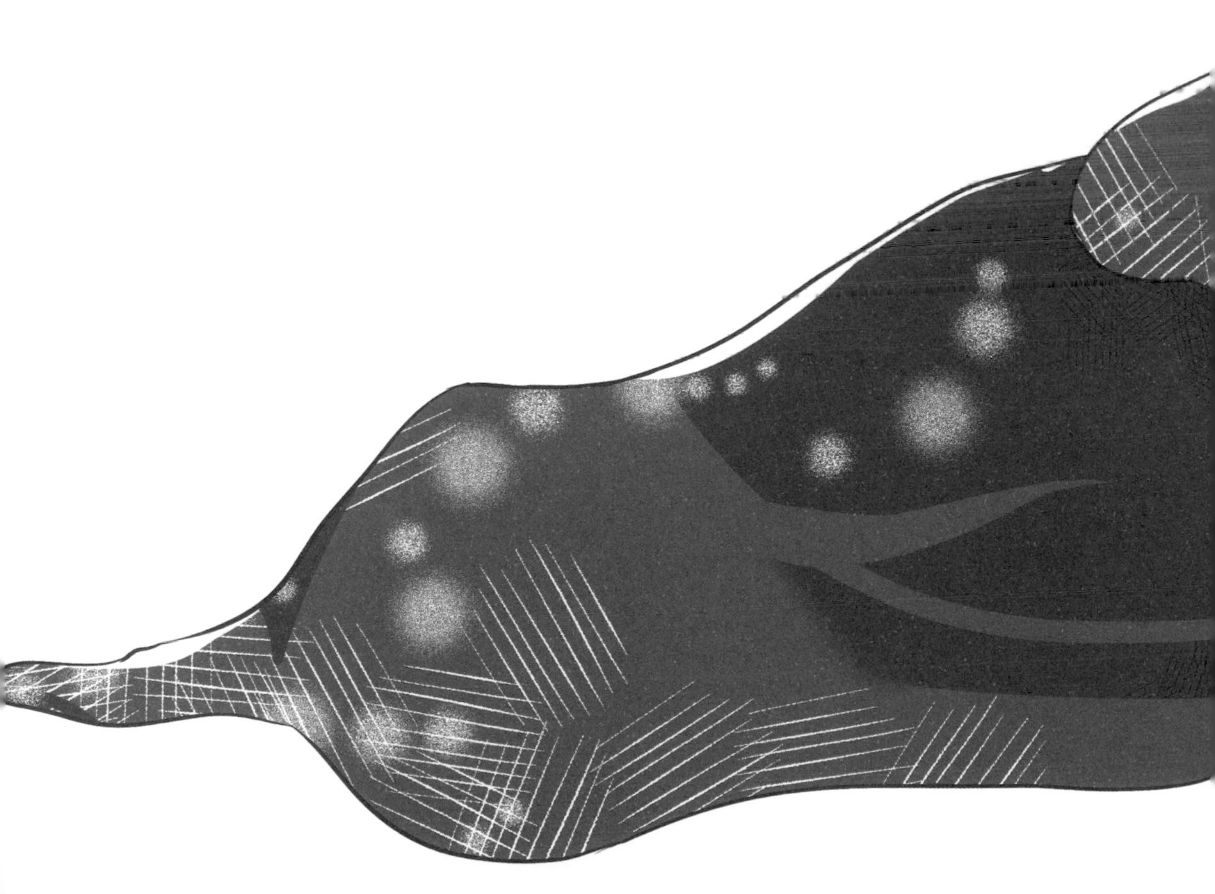

石崇曾經挑出十個身材相貌漂亮、樣子與翔風差不多的婢妾，讓她們打扮得和翔風一模一樣。如此翔風與他一眨眼的分離也不會有，日日夜夜都能在他身邊侍候。石崇還叫翔風挑選一些美玉給琢玉的工人，讓工人琢成「臥能形」玉佩，把金絲環繞成像鳳凰頭冠的髮釵。這就是所說的「雕玉成臥龍，鑄釵像鳳冠」。石家舞女們舞袖相連，環繞著梁柱起舞，跳舞的人日夜換班跳個不停，人們稱之為「永恆的舞蹈」。

石崇想要使喚自己的婢妾，用不著指名道姓，全憑她們身上玉佩的聲音和頭上金釵的顏色來決定次序：玉佩聲音悠揚的在前，金釵顏色鮮豔的在後，排成行列走向石崇。石崇又叫幾十個婢妾把各種香料含在口裡，使她們在走路和說笑的時候，口中的香氣隨風四散。石崇還讓人把沉香碾成灰塵一樣的粉末，撒在象牙床上，叫自己喜愛的婢妾在床上行走。不在塵末上留下痕跡的，賞一千串珍珠；留下痕跡的，就命令她節制飲食，使體重減輕。因此民間閨房中的姑娘們相互開玩笑說：「你的骨粗體又重，誰把上千串珍珠向你送？」

當翔風年滿三十歲的時候，年輕的婢妾們都非常嫉妒她。有的說：「胡人的姑娘不可能與我們成為一幫。」於是爭著說她的壞話、排擠她。石崇經常聽到關於翔風的閒言閒語，便把翔風貶為婢妾管理人，讓她管理年輕的婢妾。翔風滿懷愁怨而作了一首五言詩，詩的大意是：「春天的花兒誰不讚賞，但馬上就要經受秋天凋謝的憂傷。煙囪裡的輕煙被風兒壓得不能昇揚，受人鄙視，貶斥那裡是我的願望。桂樹因為芳香才遭蟲蛀，我因為美貌才落得被遺棄的下場。瞧見那花瓣紛紛自落，紅斷香消時，只好嘲笑自己美夢的荒唐。」石崇家裡人把這首詩配上樂曲加以歌唱，直到晉朝末年，這首歌才被廢止。

古時顯貴的婢妾，自身前程和生命無法自己掌握，家世、美色、才能便能決定一生。而翔風已兼有兩者，仍舊下場淒涼，而那些什麼優勢都沒有的女子，人生又是如何？

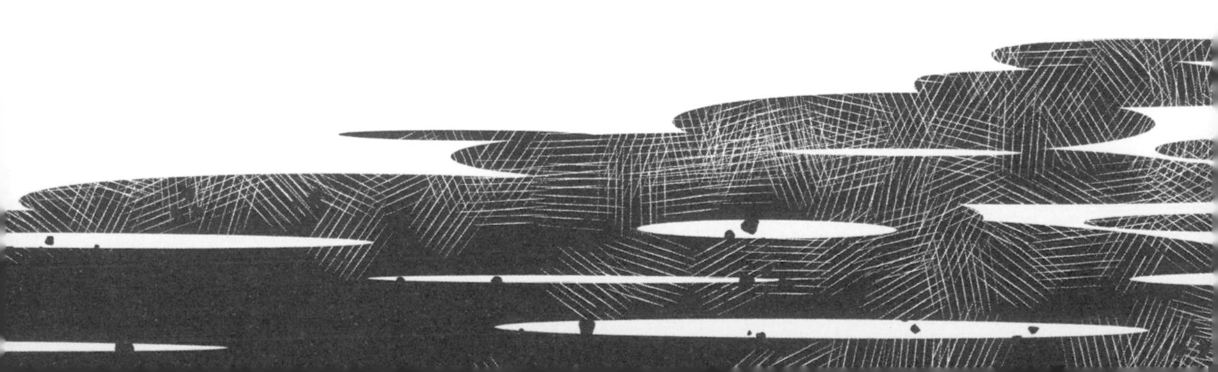

怨碑

從前秦始皇修築墳墓，聚斂了世間稀有寶物，又把工匠活埋在墓裡雕刻，完工後直接殉葬。用那些從四面八方搜刮來的奇珍異寶，在墓中做成江河海洋，堆起崇山峻嶺。用沙棠木、沉香木、檀香木作船和槳，用金子、銀子作野雁和野鴨，用琉璃和其它珍寶作龜和魚。又在海中擺上一些用美玉雕成的大象和鯨魚，這些大象和鯨魚嘴上銜著火珠，就像是星星一樣，用它來代替燈燭，火珠的光亮照徹墓內，神妙極了。

被活埋在墓內的工人，在墓內把石頭雕琢成龍、鳳和仙人的形狀，並在石碑上刻上碑文。漢代初年掘開這座墓，發現這些墓葬後，查遍了關於造墓的歷史文獻，都沒有在墓中放置石雕和石碑的記載，才知道這些東西是被活埋的匠人在墓中「加班」製造的。

後世人重新抄寫這些碑文，而碑文的字裡行間充滿了怨恨情緒，所以把這石碑叫做「怨碑」。

良辰吉時到，墓門先關，接下來就辛苦你們了。

究竟是陰魂不散還是良心不安？

于吉

孫策想要渡過長江偷襲許昌，與于吉一起同行。當時正是大旱天氣，所到之處旱情像大火一樣酷烈。孫策催促全體將士，命令他們迅速牽引船隻前進。他很早就起來親自督促察看，看見將領官吏們大多聚集在于吉那裡。孫策因此非常生氣，說：「我難道不如于吉了嗎？你們怎麼都爭著去迎合依附他呢？」孫策立即派人把于吉抓起來。孫策大聲責罵于吉：「天氣大旱不雨，道路很不好走，不知道什麼時候才能過江，因此我清早起來察看督促。然而你不但不與我共憂愁，反而安穩地坐在船中，裝神弄鬼，破壞我的隊伍。我今日就把你除掉！」

孫策命令武士把于吉捆綁在地，暴曬在烈日之下，叫他求雨。並告訴于吉，如果他能夠感動上天，中午就下雨的話，那就赦免他；不然，就要殺掉他。頃刻間，雲氣升騰，濃雲密布。臨近中午，大雨傾盆而下，溪流山澗暴漲漫溢。將士們都很高興，以為于吉必定會得到赦免，一起去慶賀慰問他。然而，孫策還是把于吉殺掉了。將士們無不哀痛憐惜，他們暗地裡藏好于吉的屍體。這天夜裡，忽然又興起烏雲，覆蓋了于吉的屍體。第二天清早查看，于吉的屍體不知所蹤了。

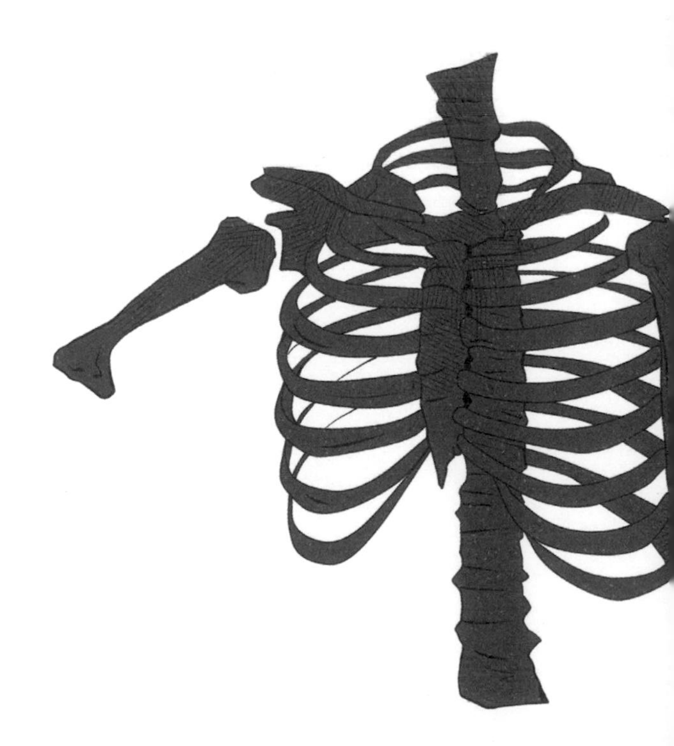

孫策殺了于吉之後，每逢獨自坐著，就彷彿看見于吉在身旁。後來，身上的傷口剛好，他拿鏡子來照照自己，就看見于吉在鏡子裡面；可是回過頭來卻沒有看見于吉。像這樣反復了多次，孫策開始拍打鏡子並大聲喊叫，接著傷口突然破裂，不一會就死了。

孫策驕橫無道，不守信義，最後殺死他的或許是鬼魂，也或許是自己。

神劍復仇記

三王墓

楚王想要一把世界上最鋒利的寶劍，便命令最有名的鑄劍師干將、莫邪夫婦造劍。夫妻二人花了三年終於完成，他們造好的劍有兩把，一雌一雄，分別命名為干將、莫邪。當時莫邪懷孕就要臨產了，干將對莫邪說：「我為楚王造劍，楚王生性多疑，為了避免我日後做出更好的寶劍，送劍去的時候必定要殺我。如果你生的是男孩，待他長大成人後，告訴他：『出門看南山，松樹生長在石頭上，干將劍就在它的背面。』」於是干將冒著必死的決心，帶著莫邪劍獻給楚王，而楚王也果真殺掉干將。

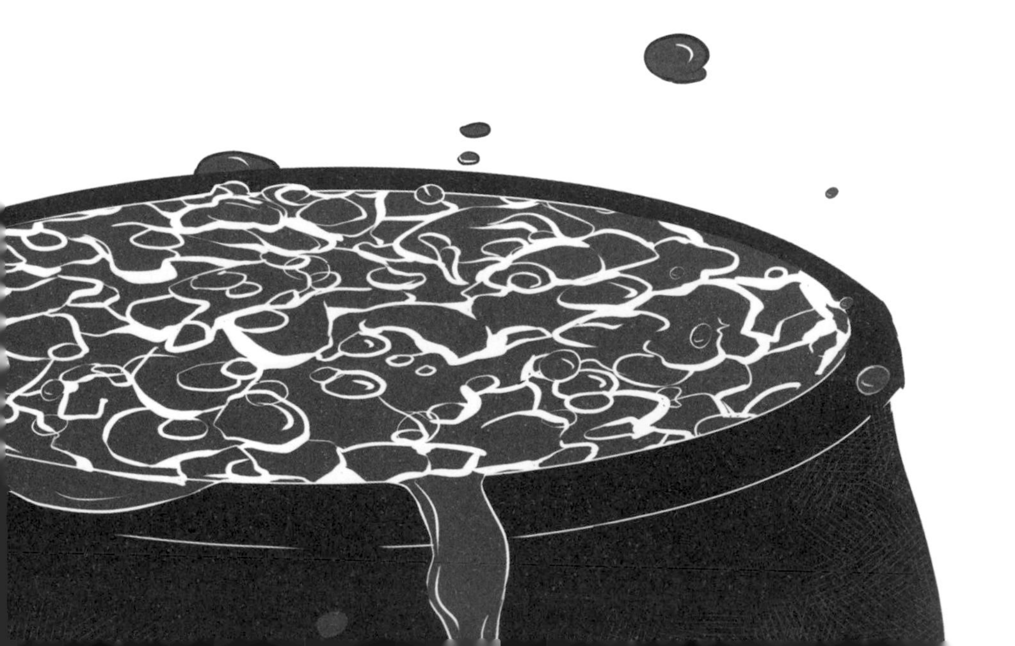

莫邪後來生下一名男孩，名叫赤比。多年後赤比長大成人，問母親:「我父親在什麼地方？」莫邪回答說：「你父親為楚王造劍，楚王卻殺害你的父親。他臨走前交代過，南山有棵長在石頭上的松樹，另一把寶劍就在它的背面。』」於是赤比出門向南邊看，沒有看見有山，只看見堂屋前松柱的下面是柱石，柱石的上面是松柱，他就用斧頭劈開松柱，果然找到了干將劍。至此，赤比日日夜夜都盤算著該如何為父報仇。

此時的楚王夢見一個青年，他兩道眉毛間隔有一尺寬，喊叫著：「我要報仇！」於是重金捉拿此青年。赤比聽到風聲只好逃到山裡，邊走邊悲憤高歌。有一個俠客遇見了他，關心地問道：「你年紀輕輕的，為什麼哭得這樣悲傷呢？」赤比說：「我是干將、莫邪的兒子。楚王殺了我父親，我要向他報仇！」俠客說：「楚王用千金懸賞你的頭，不如把你的頭和劍給我，我為你報仇。」赤比說：「太好了！」當即刎頸自殺，兩手捧著頭和劍奉獻給俠客，身體僵直地站在那裡。俠客接過頭顱與莫邪劍後說：「我是決不會辜負你的。」於是屍體才撲倒在地上。

俠客帶著頭去見楚王，楚王非常高興。俠客說：「這是勇士的頭，應當把它放在湯鑊裡煮。」楚王就照俠客的話辦，可是煮了三天三夜，赤比的頭顱不僅沒有煮爛，而且還在沸騰的湯水上跳躍著，雙目怒瞪著楚王。俠客此時又說：「這個男孩的頭煮不爛，若是大王親臨觀看，必定能將它煮爛。」楚王便走向湯鑊往裡觀看。俠客趁機用劍對楚王一揮，楚王的頭顱就掉進沸水裡。俠客跟著刎頸，頭也掉進了沸水裡。三個人的頭顱在鍋裡追逐著，最後楚王在兩顆頭顱夾擊中沉入水裡，赤比與俠客的頭顱才沉入。旁人發現後立即將頭顱撈起來，但是三顆頭顱已經煮得只剩下白骨，混在一起，無法分辨哪一個是楚王的頭，只好把三顆頭顱合葬一處，人們就把它叫做「三王墓」，現今還在汝南北宜春縣境內。

一雙劍交織出精彩無比的復仇記，楚王的不義私慾，干將的慷慨赴死，莫邪嫉惡如仇，奇比獻頭報復，俠客見義勇為，沒有太多心機和曲折，那是個所有人都是義無反顧的時代。

烈女感天，血往天際流

東海孝婦

漢朝時，東海郡有一名守寡卻孝順的媳婦，奉養婆婆十分恭敬周到。婆婆心想：「媳婦養活我太勞累了。我已經老了，何必吝惜殘年餘歲，而長期地拖累年輕人。」於是自己上吊自盡。婆婆的女兒卻告到官府說：「是媳婦謀殺了我的母親。」官府就把媳婦逮捕關押起來，嚴刑拷打，百般折磨。孝婦忍受不了痛苦，屈打成招，被迫認罪了。

當時的獄吏于公就說：「這個媳婦養活婆婆十多年，因孝順婆婆而遠近聞名，一定不會謀殺婆婆。」但是太守不聽。于公的規諫沒得到採納，他就抱著審判的供詞，在官府痛哭一場之後走了。從此以後，東海郡三年沒有下雨，草木枯槁。新任太守來到了，于公說：「孝婦不應處死，前任太守冤枉她，發生災害的原因就在這裡。」太守立即就親自前去祭奠孝婦墓，並在墓上立碑，以表彰她的孝行。天立即下雨，這一年就獲得了大豐收。

據老一輩的說法：「這個孝婦名叫周青。在周青將要被處死的時候，車子裝載著一根十丈長的竹竿，上面懸掛著五旛旗，她站在這根竹竿下當眾發誓說：『我周青如果有罪，甘願被殺，血應當順著竹竿往下流；如果是含冤而死，血就要逆著竹竿往上流。』處決後，周青噴出的血是青黃色的，血水沿著掛旗竿逆流直上竿頂。」

孝順的周青被枉殺，於是血水青黃、逆流而上，天地都為這些冤枉而表達不忍。這種不忍和冤屈，世世代代的創作都有他的影子，《竇娥冤》、《六月雪》訴控著一代一代官僚體系的昏暗。

西方摩西過紅海，東方彭娥開巨山

彭娥

西晉「永嘉之亂」的時候，各郡縣沒有固定的統治者，總是勢力大的欺壓勢力小的。宜陽縣有一個姑娘，名喚彭娥，家中父母兄弟一共十多人，遭到從長沙來的強盜襲擊。當時彭娥正揹著器具出門到溪邊打水，聽到強盜來了，趕緊跑回家，剛好看見屋外的圍牆被打破了，她忍不住心頭的悲憤，同強盜搏鬥起來。

強盜把彭娥捆住推到溪邊，打算溺死她。溪旁有一座大山，石壁高達幾十丈，彭娥對天呼喊說：「老天爺還有慈悲心嗎？我到底犯了什麼罪要落得這樣的下場！」說完就向大山奔去。大山立即崩開，裂口寬好幾丈，但是下面的道路卻平坦得像用什麼東西磨過似的。

強盜們追趕著彭娥也進入了山中，大山立刻就合攏了，一點裂痕也看不出來，好像從來沒有裂開過一樣。強盜們都被壓死在山裡，頭還露在山外，彭娥也消聲匿跡，不再出來了。而彭娥打水的器具變成了石頭，形狀像一隻雞，當地人稱這座山為石雞山，把彭娥汲水的地方叫做娥潭。

彭娥怨氣沖天令高山開啟，巨石壓死了強盜，表達出百姓對惡勢力的痛恨，以及對除暴安良的嚮往；但真實的遭遇，恐怕殘忍不仁沒有一點善良正義的結局。

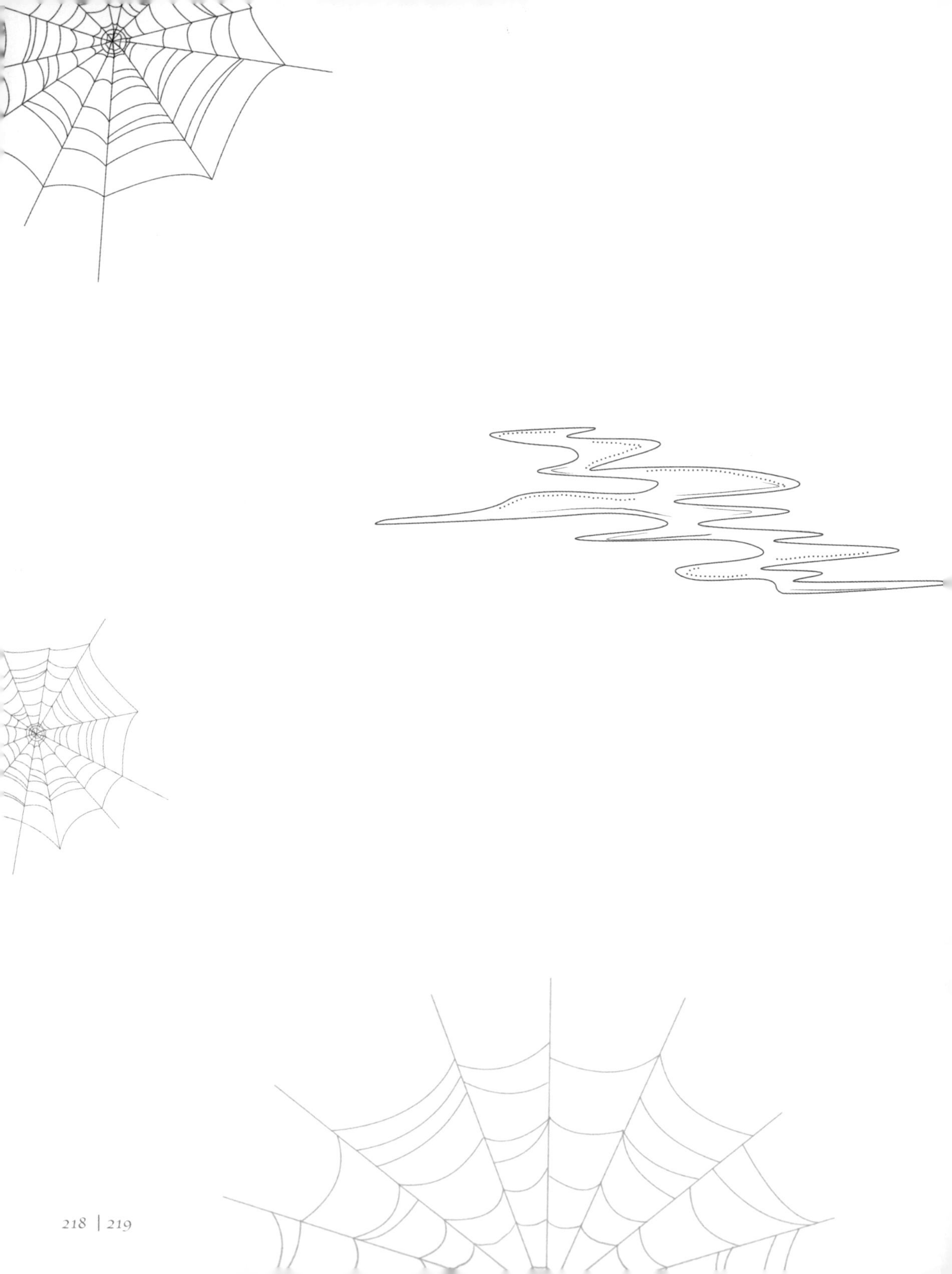

陰生

漢代長安渭河橋下，有一個討飯的小孩叫陰生，他經常在市上乞討。市上的有錢人都很討厭他，把糞水潑到他身上。可過不了一會，他又出現在市上乞討，衣服卻像原來一樣看不到髒東西。

官老爺們聽說了這件事，就把陰生關押起來，並戴上腳鐐手銬，然而他仍舊出現在市上乞討。官老爺們又逮捕了他，這次他們打算殺掉他，而陰生又逃走了。

後來潑他糞水的人家裡，屋頂竟破敗倒塌，壓死了十多人。此後長安中民間流行的歌謠說：「遇見討飯的小兒，要給好肉美酒，以免屋破房塌壓死人。」

陰生應該有瘟神罩著，誰惹到他誰就倒楣，欺凌壓弱的人，小心你的家門。

李寄

在東越國閩中郡裡，有一座山叫庸領，高幾十里。在這座山的西北低窪潮濕的地方，有一條大蛇，長七八丈，粗十多圈。由於大蛇為患，當地老百姓時常驚懼不安。東冶郡都尉和所屬縣城的官吏中，也有許多人被蛇咬死。人們用牛羊祭祀牠，仍舊得不到安寧。這隻大蛇便托夢給人，或者指示巫祝，牠要吃十二、十三歲的童女。由於大蛇的禍害一直不停息，都尉、縣官們都十分憂慮，於是他們索求大戶人家奴婢所生的女孩，以及有罪人家的女孩，平時先養著，到了八月初一祭祀的時候，再送到蛇洞口，大蛇就會現身把女孩吞掉。多年來都是這樣，已經用了九個女孩來作祭品。

某年又在預先搜求女孩，將樂縣李誕家裡沒有男孩，只有六個女孩，年紀最小的名叫李寄，她想去應募但父母不同意。李寄說：「父母沒有福氣，沒生一個男孩。我沒有緹縈那樣救助父母的功勞，不能供養父母，又白白耗費衣食，活著沒有益處，不如早點死了好。賣掉我，可以得到一點錢，用來供養父母，難道不是很好嗎？」父母慈愛，始終不答應她去。李寄自己就偷偷離開去了。

李寄向官府要了一把好劍和一隻狗。到了八月初一，她先將幾石和了蜂蜜和炒麥粉的蒸米餅放到洞口她把米餅，之後便帶著狗去廟裡坐著，懷裡揣著劍。不到一會兒，大蛇出來了，蛇頭像穀囤那麼大，眼睛像兩尺大的鏡子。大蛇聞到蒸米餅的香氣，就先吃起來。李寄立即放出狗咬牠，自己提劍從後面把蛇砍傷了好幾處。大蛇痛急了，就從洞裡竄了出來，竄到洞前的空地就死了。

李寄進去洞穴察看，找到先前九個女孩的頭骨，並全部搬了出來，感慨地說：「你們膽小懦弱，被蛇吃掉，實在太可憐了。」之後，李寄就從容地走回家去。越王聽說了這件事，聘娶李寄為王后，任命李誕為將樂縣令，母親和姐姐們也都得到了賞賜。從此以後，東冶這個地方就再沒有妖物作怪了，而有關李寄斬蛇的歌謠直到今天還在流傳著。

李寄的英雌的形象鮮明生動，為民除害的堅強意志和勇敢機智的戰鬥精神，後世的文學影視和遊戲娛樂，莫不有斬大蛇的情節在其中，王后當年可不是好惹的！

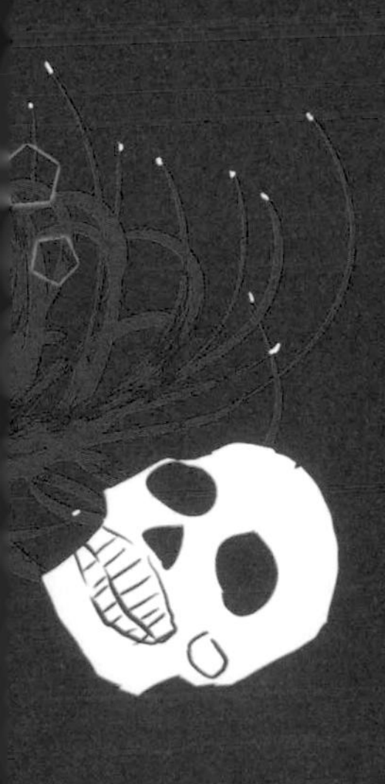

為激情而死，靠情淚重生的男人

鉛粉

有一戶人家非常富有，只有一個兒子，對他特別寵愛放任。有一次，富人的兒子到街上閒逛，看見一個漂亮姑娘在賣鉛粉，心裡喜歡她，但是沒法表示自己的心意，便以買粉為借口，每天到店裡買了粉就離去，也沒和姑娘說什麼話。時間久了，讓姑娘開始懷疑富人兒子的行動，有次他又來了，姑娘便問：「你買這些鉛粉，準備作什麼用？」富人的兒子回答說：「我內心喜歡你，不敢自己說出來，但總想與你見面，所以借這個辦法來看你。」姑娘被感動了，她沉思很久，就答應了與之幽會，兩人把時間定在第二天夜裡。

隔日，富人的兒子在堂屋裡鋪設床鋪，等候姑娘到來。天剛黑，姑娘依約前來，富人的兒子高興得不得了，抓著姑娘的手臂說：「我那麼久的心願到今日才實現！」他十分激動得跳了起來，卻一口氣不上就斷了氣。姑娘又驚又怕，不知道該怎麼辦，只好逃走。到了第二天的吃飯時間，富人夫婦對兒子不起床感到奇怪，到堂屋裡一看才發現兒子已經死了。

到了要裝殮屍體的時候，家人打開箱子取衣服，才看見箱子中有一百多包鉛粉，而且每個粉包的大小都一樣。死者的母親說：「害死我兒子的人，一定與這些粉有關。」富人便差人到街上各個鉛粉店購買鉛粉。到了姑娘的店裡，僕人把買到的粉與箱子裡的粉進行比較，發現粉包的大小和包裝的方式相同，於是抓住姑娘去審訊。死者的父母親問：「你為什麼害死我的兒子？」姑娘聽到問話痛哭流涕，才把實情全部說了出來，死者的父母不相信，就告到了官府。

到了官府，姑娘說：「我現在哪裡還怕什麼死？只是希望能看一眼遺體，好好的哭一場！」縣官同意了。姑娘走到富人家裡，撫屍大哭，她對死者說：「可憐我們落到這樣的下場，假如你的靈魂有知，我含冤受屈又有什麼遺憾呢。」富人的兒子突然睜開眼睛復活了，並向大家詳細說明了事情的經過，於是兩人結為夫婦，他們的子孫也繁衍昌盛。

白馬王子的吻讓白雪公主復活，鉛粉姑娘的淚讓富家之子重生，愛情果然是一劑萬靈丹。

死而復生的三角戀愛

爭妻

晉惠帝時，河間郡有兩個青年男女私自相愛，相互許諾結為夫妻。不久，小伙子當兵去了，多年沒有回來。姑娘的家人想把她另外嫁出去。姑娘縱然不願意，但被父母逼迫，沒有辦法只好出嫁了。不久，姑娘就病死了。

後來小伙子防守邊疆歸來，詢問姑娘在什麼地方。他的家人如實地說出了姑娘的遭遇。於是，小伙子來到墓地，想為姑娘痛哭一場，但他實在太思念姑娘了，便挖掘墳墓打開棺材，姑娘隨即活了過來，於是小伙子就把她揹回家。調養了幾天，姑娘就恢復了健康，和從前一樣了。

後來，姑娘的丈夫聽說這件事後就想要人。那個小伙子說：「你的妻子已經死了，世界上誰聽說過死人還能再活過來？這是老天爺感動所以讓她重生。」於是雙方就打起官司來。郡縣也不能裁決，只好把案情上報廷尉，由廷尉來審理定案。秘書郎王導上奏朝廷說：「用最大的真心誠意，感動了天地，所以能死而復生。這不是平常的事情，不能按照平常的禮法來判決此案。請把姑娘判給那個挖開墳墓的小伙子吧。」朝廷就準了王導的奏摺。

情能讓人戰勝死亡，超越所有不顧一切的情感，法理法律也感天動地。

不見不散——信守承諾的不朽教材

范巨卿

漢朝范巨卿，是山陽郡金鄉縣人。他與汝南郡張元伯結為好友，一起在太學裡讀書。後來，張元伯請假回鄉，范巨卿對張元伯說：「過兩年我也應當回鄉了，到那時我將要去拜望你父母大人，見一見你的孩子。」於是，兩人共同約定了日期。後來，約定的日期即將到了，張元伯就把這件事告訴了母親，請母親準備美食佳餚等候范巨卿到來。母親說：「離別兩年，又是千里之外的口頭約定，你怎麼能確信呢？」張元伯說：「巨卿是個誠信君子，他一定不會失約。」母親說：「如果是這樣，那就應當為你準備酒菜。」到了約定的日期，范巨卿果真來了，他們進入堂屋，互相拜見，敞懷飲宴，盡歡而別。

後來，張元伯得了重病，臥床不起，同郡好友君章、殷子徵早晚都去看望他。張元伯臨終的時候，嘆息說：「遺憾的是沒有見到我生死之交的朋友。」殷子徵說：「我與君章，對你盡心盡意，這還算不上是你的生死之交。那麼，你還想見誰呢？」元伯說：「你們兩位是我的生前好朋友；山陽范巨卿才是我所說的生死之交。」不久，張元伯就去世了。

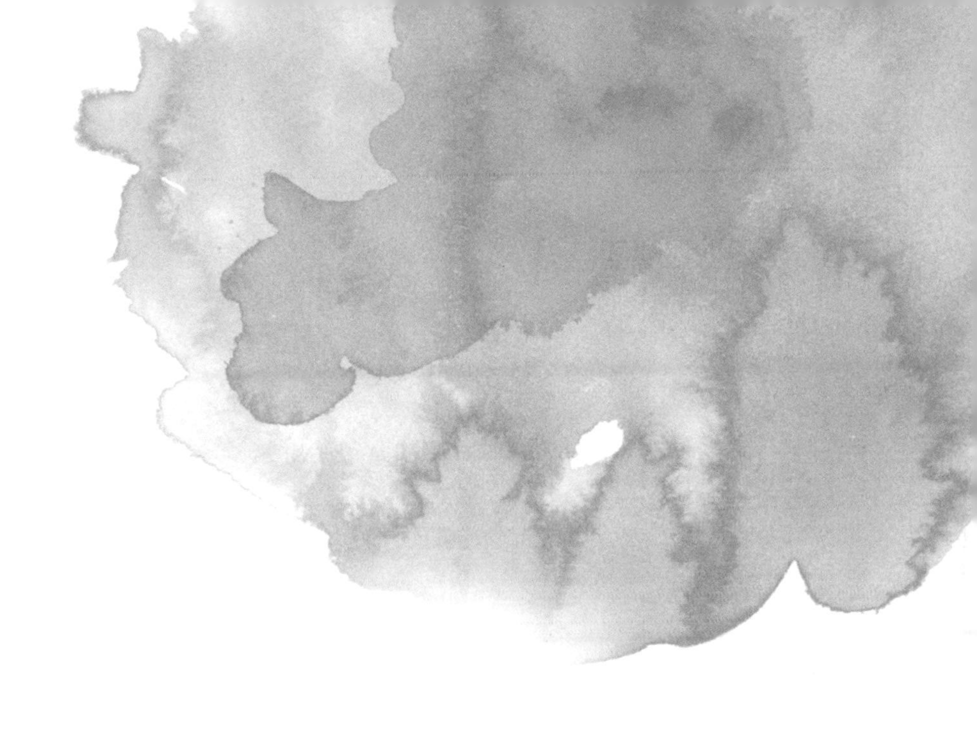

而遠在山陽的范巨卿忽然夢見張元伯，頭戴黑色禮帽，乘著馬車而來。張元伯拖著鞋子邊走邊喊：「巨卿，我已在某日死了，最近就要安葬，永遠回到陰間去了。雖然你並沒有忘記我，但是怎麼能來得及來送我一程呢？」范巨卿從睡夢中驚醒，悲嘆痛哭。他立即穿上弔祭朋友的喪服，按照張元伯安葬的日期，驅車前往參加葬禮。

下葬之日，元伯的靈柩已經出發到墓穴口，即將下葬，然而靈柩怎麼樣也進入不了墓穴。張元伯的母親撫著靈柩說：「元伯，難道你還在等什麼人嗎？」於是停住了靈柩。過了一會兒，就看見弔喪的白色車馬，號啕痛哭地奔馳而來。張元伯的母親遠望著車馬說：「這一定是范巨卿。」范巨卿前來叩拜弔唁，說：「走吧元伯，死生各有不同的路，就此永別了。」參加葬禮的有上千人，都為他們的情誼流下眼淚。接著，范巨卿挽著靈柩的紼繩在前面引導，靈柩這才順利進入墓穴。安葬後，范巨卿就留下來修整墳墓，種植樹木，然後才離去。

是生死之交，也或許是斷袖之情？但這絕對是一種很深厚的情感，讓兩人超越時空，仍各執其手、依舊掛懷。

龐阿

鉅鹿有個名叫龐阿的人，相貌英俊，儀態端莊。同鄉姓石的人家有一位姑娘曾經在自家見過龐阿，便芳心暗許。過了不久，石家姑娘突然出現在龐阿中，龐阿的妻子知道此事便派丫鬟把姑娘捆了起來，押回石家去，結果在半路上石家姑娘變成煙霧消失了。押送的丫鬟一路趕到石家，向石家人說明此事。石家姑娘的父親大為吃驚，對丫鬟說：「我的女兒從來不出門，你們怎麼能如此中傷她！」

龐阿的妻子從此開始留心觀察石家姑娘的行蹤。有一天夜晚，石家姑娘又出現在自己丈夫的書房裡，妻子就親自抓住送往石家。石父疑心另有緣故，就讓石母找女兒查問。石家姑娘說：「先前龐阿到家裡來，我曾偷偷地看到他。從那時起，就一做夢就能到他家，這次一進門就被他的妻子捆住了。」石父說：「天下竟有這樣的怪事！」從這以後，石家姑娘決心不嫁他人。過了一年，龐阿的妻子忽然得了怪病，因藥石罔效而死。龐阿這才下聘，迎娶石家姑娘為妻。

奇異的離魂故事，演繹了少女懷春的心思之強烈。在此基礎上，後代的《離魂記》、《倩女離魂》，皆表現追求真摯愛情和對自由婚姻的嚮往。不過龐阿的妻子最後莫名死亡還被取而代之，好像更是哀傷。

在天願為比翼鳥，在地願為連理枝

相思樹

戰國末年，宋康王的親近侍從韓憑娶了一名姓何的妻子。何氏很漂亮，宋康王便起了色心霸佔了她，宋康王還把韓憑關起來判刑，罰他白天防備敵人，夜晚還要修築城牆。何氏偷偷地送了一封信給韓憑，信中隱晦曲折地說：「連綿不斷雨淋淋，河水寬大水又深，太陽出來照我心。」不久，宋康王得到了這封信，並讓近臣們看，但是近臣們都不明白這封信的意思。一個叫蘇賀的臣子回答說：「連綿不斷雨淋淋，是說她的愁苦與思念；河流寬大水又深，是說他們夫婦被分離不能到一起了；太陽出來照我心，是說她心裡有了必死的念頭。」沒有多久，韓憑就自殺了。

有一天，宋康王與何氏登上高臺，何氏就從臺上跳下去，身邊的人急忙拉她，但是何氏暗地裡早就腐蝕了自己的衣裳，衣裳變得太脆弱而經不住手拉，何氏便摔死了。她在腰帶裡留下一封信，說：「大王貪圖生，我卻喜歡死，希望能把我的屍骨賜給韓憑，與他合葬在一起。」宋康王大怒，不僅不顧何氏的請求，還讓把她的屍骨埋在韓憑墓的對面，使兩座墳墓遙遙相望。宋康王說：「你們夫婦相親相愛沒完沒了，假若能夠讓兩座墳墓自動地合在一起，那我就不阻攔了。」

沒想到，一夜之間，兩座墳墓上都長出高大的梓樹，十天後就有兩手合抱那麼粗，樹幹彎曲著互相靠近，樹根交結在地下，樹枝也在上空緊緊交錯，還有一對鴛鴦經常棲息在樹上，早晚都不離開，牠們互相依偎，悲慘地鳴叫著，鳴叫的聲音十分感人。宋國人都很憐憫這對夫婦，叫這對大樹為「相思樹」，「相思」的名稱，就是從這裡開始的。南方人認為鴛鴦這種鳥就是韓憑與何氏的精魂，現在睢陽還有座寒憑城，有關韓憑夫婦的民間歌謠到現在都還流傳著。

兩人的相思仍舊縈繞世間，夫妻即便不能合葬，卻在地成為連理枝，而樹上鴛鴦交頸，共哀共鳴，拼湊一幅摯愛超越生死的絕美圖畫。

傑克的魔豆東方版

種玉

楊伯雍是洛陽縣人，原本以介紹買賣作為職業，本性厚道孝順，父母去世之後安葬在無終山上，於是他就在山上住了下來。

無終山有八十里高，上面沒有水，楊伯雍就從山下打水，在山坡邊上作成漿湯，免費供給來往行人。到了第三年，有一個人來喝漿湯，給了他一斗石子，讓他到又高又平、有石頭的地點，把石子種下去，並且說：「玉一定會從這裡生出。」當時，楊伯雍還沒有結婚，那人又對他說：「你今後一定會娶一個好妻子。」話一說完，那人就不見了。於是，楊伯雍種下了那一斗石子。幾年來，他不斷地去察看，真的看見石頭上漸漸地長出玉子，旁人都不知道。

有一個姓徐的人，是右北平郡的名門大姓，他的女兒很有德行，當時有不少人求婚，他都不答應。楊伯雍試著向徐父求親，徐父笑他發了瘋，於是戲弄他說：「如果你拿一雙白璧來，那就答應你的婚約。」楊博雍就到種玉的地方挖了五雙白璧，拿著去訂婚。徐父非常吃驚，於是就把女兒許配給了楊伯雍。

皇帝聽說之後，覺得這件事很奇異，就封楊伯雍為大夫，並在種玉的地方的四個角落立起大石柱，每根石柱有一丈高，將中間的那塊地，命名為「玉田」。

種瓜得瓜，種豆的豆，種玉自然也得玉，要比傑克的魔豆省下太多力氣。

人們瘋狂祭拜的樹神是他隨地吐的李子核

李樹

南頓縣張助在田裡種莊稼，看見了一個李子核，本來是打算拿走的，但回頭看見一顆桑樹的空洞中有泥土，隨手就把李子核種了進去，並用喝剩下的飲料澆灌了一下。後來，有人看見桑樹中生長出李子樹來，就相互傳說開了。一個害了眼病的人，在這棵樹下養息，就隨口禱告說：「尊敬的李樹神，如果您讓我的眼病好了，我將用一頭豬來祭謝您。」眼痛不過是一種輕微的疾病，過一段時間，那人的眼病自然也就慢慢地好了。然而人們卻隨聲附和，越傳越神，說成了李樹神能保佑瞎子看見光明，搞得遠近聞名。在這棵樹下，馬匹車輛經常是成百上千，祭祀的酒肉擺得到處都是。過了一年多，張助出遠門回來，看見了這種祭祀的盛況，吃驚地說：「這有什麼神靈，不過是我種的李樹罷了。」於是他去把這棵樹砍了。

傳聞容易失真，輕信就會上當。信仰和迷信往往一線之隔。

枕中世界何其美好

柏木枕

焦湖廟中的廟祝有一個柏木枕頭，保存了三十多年，枕頭後面有一個裂開的小孔。縣人湯林做買賣，從焦湖廟經過時求菩薩賜福，廟祝對他說：「你結了婚沒有？你可以把身子靠近枕頭裂開的那一邊。」

湯林突然間一腳就被吸入了裂縫內。裂縫裡，湯林看到了朱紅色的大門、美玉裝飾的宮殿、玉石砌成的歌臺，都比人間的好。湯林謁見了居住在宮殿裡的趙太尉，趙太尉替他辦了婚事，不久後生了六個孩子，四個男孩兩個女孩，趙太尉推薦湯林作了秘書郎，不久又升任黃門郎。湯林在枕頭裡，完全沒有想回去的意思，後來終於遇到了不如意的事，使得湯林非常絕望。

廟祝於是讓湯林從枕裡到枕頭外邊來，湯林就又見到了原先的枕頭。廟祝對湯林說：「你在枕頭裡過了那麼多年，但實際上祇有一眨眼的工夫。」

熟悉的黃粱一夢，其實始於枕頭裂縫，歷盡富貴榮華，醒來又一切依舊，不如好好睡覺，早起奮鬥吧。

一杯醉千日，聞氣醉三月，好酒！

千日酒

中山郡人狄希會釀造一種「千日酒」，據說喝了這種酒，會醉上一千天才醒。當時有一個同州的人，姓劉，名玄石，他很喜歡喝酒，便到狄希那裡要酒喝。狄希說：「我的酒發酵後還沒有成熟，不敢給你喝。」劉玄石請求說：「即使沒有成熟，姑且給我喝一杯，可以嗎？」狄希只好給他喝一杯。劉玄石又要求說：「味道太好了！請再給我一杯。」狄希說：「請先回去，改日再來，光這一杯，你就得睡上一千天。」劉玄石告別了狄希，臉上開始泛紅，等回到家裡，他就醉死了。家裡的人都以為劉玄石死了，悲痛地把他埋葬了。

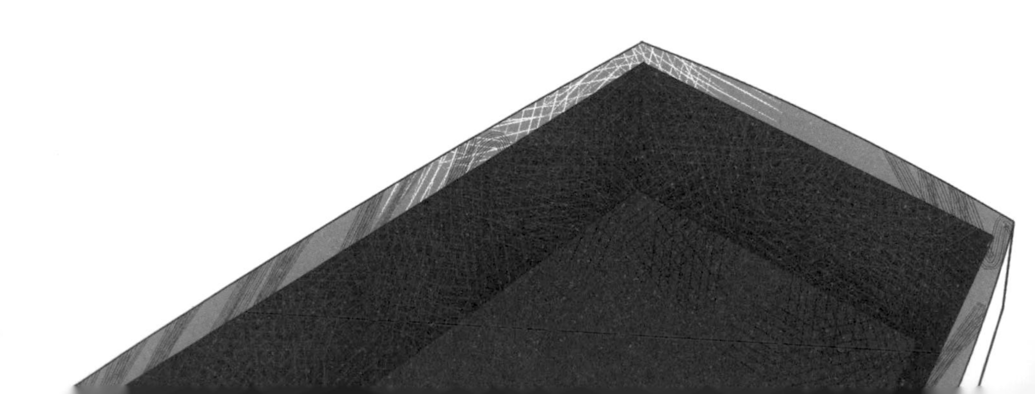

過了三年，狄希說：「劉玄石酒醉應該醒過來了，我應該去問一問他的情況。」狄希到了劉家，問道：「劉玄石在家嗎？」劉家人都很奇怪，回答說：「自玄石去世以來，三年喪期已滿了。」狄希吃驚地說：「這酒太美了，竟使他醉臥千日，現在應該醒過來了。」

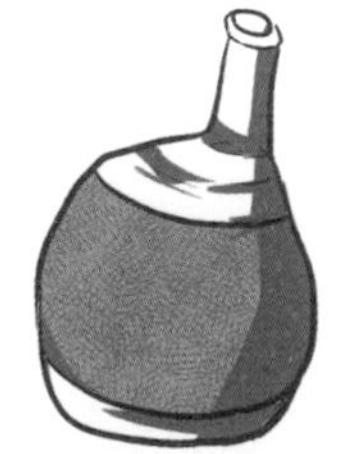

劉家人到墓地一看，墳墓上冒著水氣不斷向天空蒸騰，狄希就命人挖墳開棺，只見劉玄石正好睜開眼睛，張開嘴巴，拖長聲音說：「讓我醉得多痛快啊！」並問狄希說：「你釀的是什麼東西，讓我喝一杯就大醉，到今天才醒過來？太陽有多高了？」站在墳墓邊上的人們都哈哈大笑，結果劉玄石的酒氣衝進了鼻子，其他人一個個都醉臥了三個月。

嗜醉之人，請參考這隻年份千年，省錢又省時的千日酒。

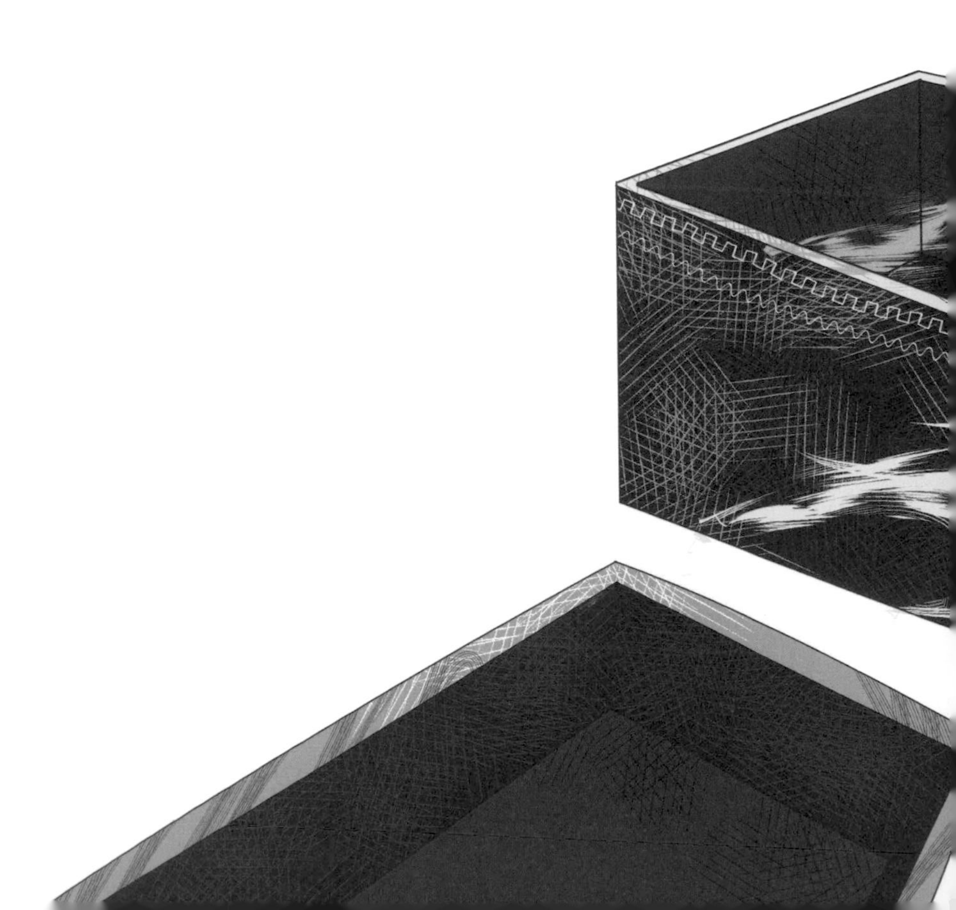

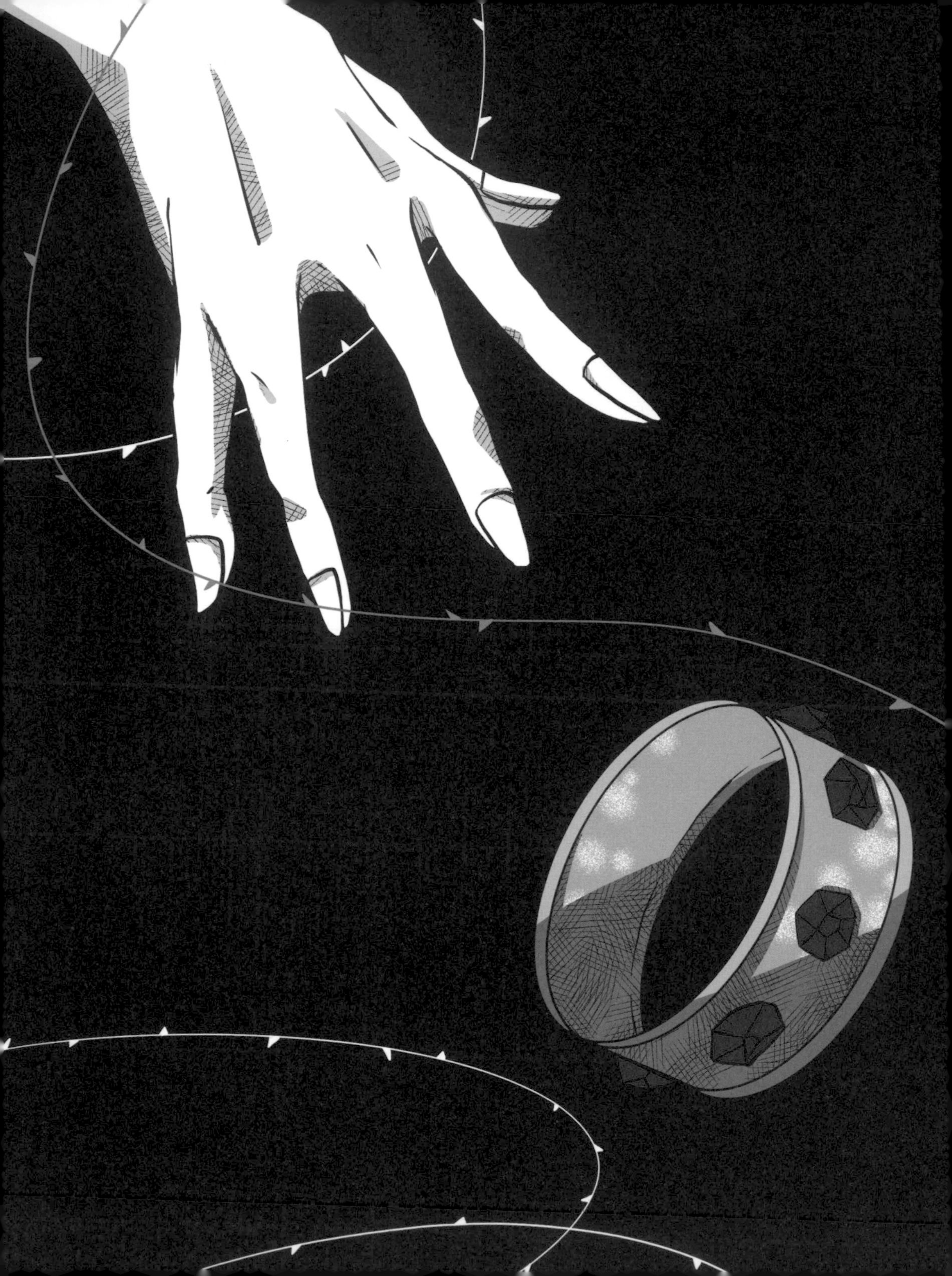

李除

襄陽人李除染上流行病死了。他的妻子守在屍體旁。到了半夜三更，屍體突然直挺挺地坐了起來，急匆匆地奪取妻子手臂上金釧。妻子也就順著他脫了下來。李除一拿到的金鐲，又死了過去。妻子仔細觀察屍體的情況，到天亮的時候，人就漸漸地活了過來。李除復活以後，說：「我被官吏帶走，一起被帶去的人很多，我看見有人用東西行賄就得到了赦免，就答應送金鐲給他們。於是官吏放我回來拿金釧。官吏得到了金鐲，就放我回人間來了。我看見官吏拿著金鐲走了。」此後幾天裡，李除不知道金鐲還在妻子的衣服內，妻子也不敢再戴金釧，就按照李除說的情況，祝禱後把金釧埋在土裡了。

鬼吏索賄，不過是反映人間。

舒禮

巴丘縣有一名巫師叫舒禮，於東晉永昌元年病死了，土地神帶著他的魂魄要送往太山。老百姓稱巫師為道人，當舒禮等人路過陰司福舍時，土地神問福舍的守門官說：「這是什麼人住的房子？」守門官說：「道人住的房子。」土地神說：「這人也是個『道人』。」便把舒禮交給守門官。舒禮進門後，看到幾千間瓦屋都懸掛著竹簾，安放著床鋪，男女分開居住。有的人在念經，有的人在唱偈，有的人自由自在地吃喝，都有說不出的快樂。

後來舒禮的名單被送到太山府衙門，而本人還沒有到，太山府君追問土地神，土地神說：「我在路上看見了幾千間瓦屋，便問守門的官吏，他說那是收錄道人的地方，我就把舒禮交給了他。」於是府君派遣土地神重新提取舒禮。舒禮還沒把福舍看完，就看見有個長著八隻手四隻眼，手提金杵的人，追著要來打自己，嚇得舒禮回頭就跑，出了門，土地神已在門外等候，抓住他便送往太山。

太山府君問舒禮：「你在人間都做過什麼事？」舒禮說：「侍奉三萬六千神，替別人禳除災禍，為了祭祀，有時要殺些小牛和豬羊雞鴨。」府君說：「你為了向鬼神獻媚而妄殺生靈，這樣的罪過應受熱熬之刑。」便派底下的官吏把舒禮牽到了施刑的地方。那裡有一隻怪物，軀幹與人一樣，腦袋卻像牛頭，怪物拿著鐵叉，把舒禮叉起來扔到了鐵床上，舒禮在鐵床上燙得打滾，渾身被烤得焦糊稀爛，想死又死不了。

如此過了兩天一夜，舒禮受盡了痛苦。府君問主管壽命的官吏：「舒禮的壽命本該完結呢？還是突然被剝奪了？」官吏翻看生死簿，發現舒禮還有八年陽壽。府君便差人把他帶過來。牛頭人又用鐵叉把舒禮叉起來放到鐵床旁邊。府君對舒禮說：「現在放你回去，活完餘下的壽命，莫要又去屠殺生靈，濫祭鬼神！」舒禮忽然復生，就不再當巫師了。

信佛者，可以到陰司福舍享福，而異教巫師卻要受熱熬之刑，這和西方中古時期的獵殺女巫殊途同歸，主流宗教的迫害其實早已背離信仰的初心。

早去早回，地下風情十日遊參觀

地府

晉代的趙泰，字文和，是清和國貝丘縣人。他的祖父擔任過京兆太守。郡國推薦趙泰當孝廉；國公府召他去做官，他都沒有去。他精通各家經典，在家鄉很有聲望，晚年才受任做官，死在中散大夫任上。

趙泰在三十五歲的時候，曾經突然發了心痛病，一下子就死過去了。屍體攤在地上，心口熱氣不散，四肢也不僵硬。他的遺體在家中停放了十天，第十天清早，他的喉嚨裡發出了像下雨一樣的響聲，過了一陣子，人就醒了過來。

趙泰說他剛死的時候，夢見了一個人挨近他的心口，另外兩人也騎著黃馬來到他的眼前，黃馬後面跟著的兩人，分別用手從兩邊把他夾了起來，架著他筆直朝東走。也不知走了多遠，才來到一座大城下面，城郭高大雄偉，呈青黑色，像錫的顏色一樣。這些人架著趙泰從城門裡進城。經過兩道門後，趙泰便看見了幾千間瓦屋和幾千名男女老幼，這些人都排成隊站立著。

小官吏穿著黑色衣服，共有五六個，分頭登記隊伍裡人們的姓名，說是要把名單上報府君。趙泰列在第三十名。沒過多久，小官吏帶領趙泰和其它的幾千人一同走進府君的衙門。府君臉朝西坐著，查看完名冊以後，又叫趙泰到南面黑門裡去。

黑門裡有一個人穿暗紅色衣服，坐在屋底下，正在按次序點名，調查大家生前所作的事情，他對大伙說：「犯過什麼罪惡，做過什麼好事，你們都要詳細地如實地講出來。我這裡經常派六部使者到人間去，記載各人的善惡，大家的情況都有報告上來，你們可不要撒謊。」

趙泰回答說：「我的父親和哥哥在做官，都享有俸祿兩千石。我年紀輕，只是在家裡讀書，沒有幹什麼事情，也沒有犯什麼罪過。」這人於是派趙泰擔任水官監作使，率領兩千多人，搬運沙石修補堤岸，日日夜夜幹個不停。後來又調趙泰作水官都督，掌管各監獄的事務。發給趙泰坐騎和士兵，叫他巡察地獄。

趙泰到了各個地獄，見犯人所受的痛苦各不相同。有的被針刺穿舌頭，鮮血流滿全身。有的披頭散髮，裸身赤腳，被人用繩子捆住拉著走，身後還有人拿大棒驅趕。鐵床銅柱，燒得通紅。行刑的逼著赤身人去抱銅柱、睡鐵床，赤身人一挨近便皮肉焦爛，過不了一會又重新蘇醒過來。有的地方燒旺了爐火架起大鍋，把罪人丟進鍋裡熬煮，罪人的頭和四肢被煮得脫了節，碎片在滾水裡翻騰。

小鬼手拿鐵叉，斜靠在爐旁，有三四百個人，站在小鬼對面，他們將要依次被丟進湯鍋裡去，嚇得相互抱著痛哭。還有一棵非常高大的劍樹，無法測量它的長度和寬度，它的根莖枝葉，全由劍鋒做成。眾人都畏縮後退，爭吵著要別人向前，但每個人得自己向上攀登，攀登時，若稍有不在意，就會身首分離，骨肉寸斷。趙泰看見自己過世的祖父祖母和兩個弟弟都在這座地獄中，相見之後彼此痛哭流涕。

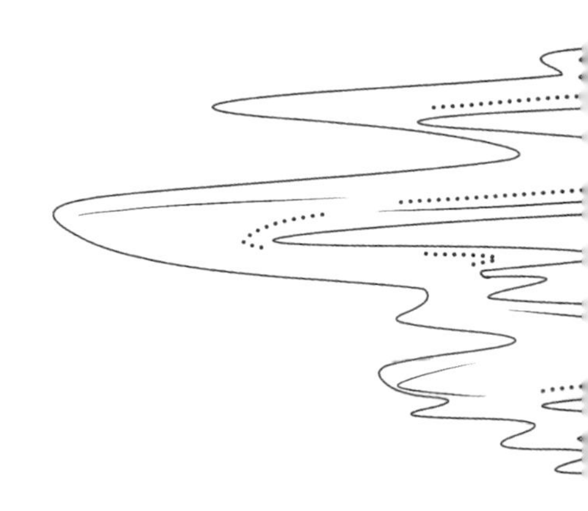

趙泰走出地獄門，看見兩個人帶著公文到來，他倆告訴看管地獄的官員說，有三個人，他們家裡人在佛塔和寺廟中掛經幡燒香，解除了他們的罪過，可以讓他們離開這裡到福舍去。不久就有三人從地獄裡出來，衣褲已經整整齊齊地穿著身上了。這三人向南走到一幢房屋的門前，這屋名叫「開光大舍」，共有三重門，門上的朱紅油漆閃閃發光。

守門人見這三人到來，立即請進屋裡，趙泰也跟了進去。裡面另有一座大殿，大殿四周裝飾著奇珍異寶，光彩照人。大殿中的坐榻，也是金鑲玉嵌的。有一位神人，姿態雄偉，容貌英俊，遠非常人可比，坐在金玉鑲嵌的床榻上。兩邊有很多和尚站立侍候。看到府君在神人面前也恭恭敬敬地施禮，趙泰便問：「這是個什麼人？連府君也向他敬禮？」小吏說：「他的名號叫『世尊』，是超度眾人的祖師。他希望讓作惡的人都來聽他講經。現在據說有一百萬零九千人，全從地獄出來，到百里城聽講。來到這裡的，全是些信佛守法的人。有些人生前為人行事雖有所虧欠，但還可以被超度，所以佛爺要講經度人。七天之內，佛爺要按這些人原來作惡的多少，分別輕重予以免除罪過。」在趙泰還沒走出門的短時間裡，就已經看見十個人昇空而去。

趙泰走出這座房屋以後，又看到了一座城池，這城四周各長二百餘里，名叫「受變形城」。在地獄裡受完審訊的人，都應該集中到這座城裡，再接受變化和報應。趙泰進入這城後，見滿城的土瓦屋被劃分成幾千個區域，各區域都修建起街道里弄。城中央有一幢高大的瓦屋，欄杆、窗戶都用油彩裝飾。屋裡有幾百名衙門小吏，正在校對公文案卷。他們說，殘害動物生命的人應該變成蜉蝣，早晨出生，晚上就要死掉；搶劫偷盜的人兵該變成豬、羊，受人宰割；淫蕩放縱的人變成鶴、鶩、獐、麋；愛挑撥離間的人變成鴟梟、鵂鶹；賴債的人變成驢、騾、牛、馬。

趙泰巡查完畢，回到了水官府。長官對他說：「你是有德之人的兒子，是因為什麼罪過，到這裡來的？」趙泰回答說：「我的祖父、父親以及我的兄弟，都擔任享有兩千石俸祿的官職。我被薦舉當孝廉，受到國公府的徵召而沒有去就職，從小立大志存善心，並沒有沾染任何惡習。」長官說：「你沒有罪過，所以讓你當水官都督，若不是這樣，你就會同地獄中的人一樣去受罪。」趙泰問長官說：「人活著應該做些什麼，死後才能得到善報？」長官只是告訴他：「信奉佛法的佛教徒，多做好事，嚴守戒律，就可以得到善報，而不會遭受貶謫和懲罰。」趙泰又問：「人們未信奉佛法前犯的罪過，在奉法之後是否可以免除？」長官回答說：「全都可以免除。」說完，長官打開裝生死簿籍的箱子，查看趙泰應活的歲數，見他還剩三十年陽壽，就讓他回到了人間。

臨別的時候，長官對趙泰說：「你已經看到了陰間的地獄和罪惡報應是什麼樣子，應該告訴陽世的人，讓他們都去做好事。人行善有善報，作惡有惡報，就像影子跟隨形體，回響伴著聲音一樣，能不小心謹慎嗎？」

趙泰還陽時，身邊圍著前來守候、探望的家屬和親屬五六十人，他們全都聽到了趙泰的敘說。趙泰還把這些情況寫了出來，給當時的人們觀看。這事發生在晉太始五年七月十三日。趙泰於是為祖父祖母和兩位弟弟請來僧徒，舉辦了規模盛大的超度亡靈的法事。並且規定子孫後代全都改信佛教，督促他們守戒向善。當時的人們聽說趙泰死而復生，又在陰間看到過許多獎善懲惡的事情，便紛紛前來詢問。

武城的太中大夫孫豐、常山的關內侯郝伯平等十人，聚集在趙泰家裡，詳詳細細地打聽事情的原委，聽完之後全都嚇得毛髮直豎，便馬上信奉起佛法來。

想住哪一層？可以參考以下入住條件。

死後的世界——佛教裡的十八層地獄

第一層：拔舌地獄，凡在世之人，挑撥離間、誹謗害人、油嘴滑舌、巧言相辯、說謊騙人，死後就會被打入拔舌地獄。

第二層：剪刀地獄，在陽間，若婦人的丈夫不幸提前死去，她便守了寡，若唆使她再嫁，或是為她牽線搭橋，那麼死後就會被打入剪刀地獄。

第三層：鐵樹地獄，凡在世時離間骨肉，挑起父子、兄弟、姐妹或夫妻不和之人，死後入鐵樹地獄。

第四層：孽鏡地獄，如果在陽世犯了罪，不吐實情，或是走通門路、上下打點、瞞天過海，就算其逃過了懲罰，死後也會打入孽鏡地獄，照此鏡而顯現罪狀，然後分別打入不同的地獄受罪。

第五層：蒸籠地獄，以訛傳訛、陷害、誹謗他人者死後，會被打入蒸籠地獄。

第六層：銅柱地獄，惡意縱火或為毀滅罪證、報復、放火害命者，死後打入銅柱地獄。

第七層：刀山地獄，褻瀆神靈者、殺生者，死後被打入刀山地獄。

第八層：冰山地獄，凡謀害親夫、與人通姦、惡意墮胎的惡婦，死後打入冰山地獄。

第九層：油鍋地獄，賣淫嫖娼、盜賊搶劫、欺善凌弱、拐騙婦女兒童、誣告誹謗他人、謀佔他人財產或妻室之人，死後打入油鍋地獄。

第十層：牛坑地獄，這是一層為畜生申冤的地獄，凡在世之人隨意誅殺牲畜，死後便打入牛坑地獄。

第十一層：石壓地獄，若在世之人，產下一嬰兒，不論是嬰兒天生呆傻、殘疾，還是因重男輕女或其他原因，只要是將嬰兒溺死、拋棄，死後就打入石壓地獄。

第十二層：舂臼地獄，人在世時，如果浪費糧食、糟蹋五穀，比如吃剩的酒席隨意倒掉，或是不喜歡吃的東西吃兩口就扔掉，死後將打入舂臼地獄，放入臼內舂殺。

第十三層：血池地獄，凡不尊敬他人、不孝敬父母、不正直、歪門邪道之人，死後將打入血池地獄，投入血池中受苦。

第十四層：枉死地獄，割脈死、服毒死、上吊死等人，激怒閻王爺，死後打入枉死牢獄。

第十五層：磔刑地獄，現在已不多見，不過此罪過很大，指挖墳掘墓之人，死後將打入磔刑地獄，處磔刑。

第十六層：火山地獄，這一層比較廣泛，損公肥私、行賄受賄、偷雞摸狗、搶劫錢財、放火之人，死後將打入火山地獄。

第十七層：石磨地獄，糟蹋五穀、賊人小偷、貪官污吏、欺壓百姓之人死後將打入石磨地獄。

第十八層：刀鋸地獄，偷工減料、欺上瞞下、拐誘婦女兒童、買賣不公之人，死後將打入刀鋸地獄。

前身

宋朝穎川郡人陳秀遠，曾經擔任過湘州西曹的職務，寄居在臨湘縣城。他年輕時就敬奉佛、法、僧，年過六十仍然堅信不移。元徽二年七月，他躺在床上，想到萬物生死輪迴，變幻莫測，即使是自己，也不知道是由什麼變化來的。

當時天色昏暗，房內也沒點燈照明，他專心祈禱冥想，希望能從夢中了解這一切。過了一會兒，他看見枕頭旁邊有像螢火蟲一樣的東西閃閃發光，接著就騰空飛走了，接著不僅滿室通明，連屋外的天空也像早晨一樣霞光四射，陳秀遠立刻起身，雙手合掌虔誠地禱告。

過沒多久，他發現大門內四五丈高的空中，有一座橋梁，橋兩邊的欄杆上塗著紅色油彩。陳秀遠不知不覺地淩空升起，一下子就坐到了橋的側面。他看見橋上的男男女女，來來往往擠滿了橋上，他們的服裝和打扮和陽世的人並無二致。

後來有一個女人，約有三十來歲，上穿青色襖，下穿白布裙，走到陳秀遠的左邊停住了。過了一會，又有一個婦人，全身穿著白衣布裳，頭上綰著圓髻，手裡捧著花和香。白衣婦女站在陳秀遠的面前，對他說：「你想看到你的前身，你的前身就是我。因為我一直用花供佛，所以能夠投胎變成你。」又指著青衣女人說：「這又是我的前身。」說完就離去，這兩人走後，橋也就慢慢消失了。

在陳秀遠感覺到身體突然落回地面時，亮光也隨即熄滅。

無關乎輪迴，其實現在的自己，便能看出前輩和後世的模樣；也能看見十年前和十年後的生活。一切，都衍生在當下的一個念想。

高談文化
CULTUSPEAK PUBLISHING CO., LTD
華滋出版　拾筆客　九韵文化　信實文化

更多書籍介紹、活動訊息，請上網搜尋　拾筆客

What' s Knowledge
六朝志怪

編　　著：許汝紘
繪　　者：Amo
封面設計：黃聖文
總 編 輯：許汝紘
文字編輯：孫中文
美術編輯：陳芷柔
總　　監：黃可家
行　　銷：郭廷溢
發　　行：許麗雪
出　　版：信實文化行銷有限公司
地　　址：台北市松山區南京東路5段64號8樓之1
電　　話：（02）2749-1282
傳　　真：（02）3393-0564
網　　址：www.cultuspeak.com
信　　箱：service@cultuspeak.com

印　　刷：威鯨科技有限公司
總 經 銷：高見文化行銷股份有限公司
專　　線：0800-055-365
香港經銷商：聯合出版有限公司
專　　線：+852-2503-2111

2017年10月 初版
定價：新台幣650元

國家圖書館出版品預行編目（CIP）資料

六朝志怪 / 許汝紘編著 ; Amo繪. -- 初版. -- 臺北市 : 華資出版 ; 信實文化行銷, 2017.10

面；　公分. -- (What's knowledge)

ISBN 978-986-95451-0-5(精裝)

857.23　　106016270